이호철 사계절 동화 · 벼농사 이야기

맛있는 쌀밥 묵자

이호철 사계절 동화 · 벼농사 이야기

맛있는 쌀밥 묵자

초판 1쇄 펴냄 2015년 4월 30일
초판 2쇄 펴냄 2016년 5월 15일

글 | 이호철
그림 | 김종도
편집 | 정유능
디자인 | 여현미
펴낸이 | 정낙묵
펴낸 곳 | 도서출판 고인돌
주소 | 경기도 파주시 문발동 617-12 1층 (413-120)
전화 | 031-943-2152
전송 | 031-943-2153
손전화 | 010-2261-2654
전자우편 | goindol08@hanmail.net
홈페이지 | goindolbook.com
출판 등록 | 제406-2008-000009호

값 13,000원
ISBN 978-89-94372-72-3 74810
ISBN 978-89-94372-34-1 (세트)

「이 도서의 국립중앙도서관 출판예정도서목록(CIP)은 서지정보유통지원시스템 홈페이지
(http://seoji.nl.go.kr)와 국가자료공동목록시스템(http://www.nl.go.kr/kolisnet)에서 이용하
실 수 있습니다.(CIP제어번호: CIP2015011111)」

이호철 사계절 동화 · 벼농사 이야기

맛있는 쌀밥 묵자

이호철 지음 · 김종도 그림

고인돌

차례

 # 밥알 하나가 얼마나 귀한지 아나요

우리는 날마다 쌀밥을 먹고 삽니다. 한 끼만 굶어도 배고프다고 소리치지요. 밥 없으면 라면이나 피자 먹으면 되지, 하는 어린이들도 있을지 모르겠네요. 정말 그럴 수 있을까요? 아니란 건 어린이 여러분들도 잘 알 것입니다. 우리는 밥을 먹지 않으면 살 수가 없습니다.

그런데, 밥이 우리 입에 들어오기까지의 과정을 어느 정도라도 알고 있는 어린이는 몇 명이나 될까요? 벼가 자라는 데 필요한 자연환경만 보아도 우리가 바라는 대로 쉽게 잘 주어지지 않습니다. 지독한 가뭄이 들어 애를 태우기도 하고 논밭을 쓸어 덮는 홍수가 나 애를 태우기도 합니다. 큰 태풍으로 농사를 아주 망쳐버려 가슴 아프게도 하지요.

자연조건만 주어진다고 곡식이 뜻대로 잘 자랄까요? 아닙니다. 사람 손을 수십 번은 거쳐야 우리 입에 밥이 들어올 수 있답니다. 씨앗을 잘 갈무리하는 일부터 못자리에 볍씨를 뿌려 모를 키우고, 본 논에 모를 옮겨 심고, 뜨거운 여름 내내 땀 흘리며 김매고 가꾸어야 한 톨의 벼 알갱이를 얻을 수 있습니다. 그렇게 얻은 벼 알갱이는 정미소의 여러 과정을 거쳐야 하얀 쌀이 되고, 이 쌀은 다시 사람의 손을 거쳐야 우리 입에 들어오는 밥이 되지요.

우리가 아주 어릴 때는 오직 소나 사람의 힘으로 농사를 지었답니다. 우리 마을엔 전기도 들어오지 않았지요. 그때 우리는 엄청 뛰어놀기도 했지만 힘든 농사일을 많이 거들기도 했답니다. 따라서 농사가 얼마나 귀한지, 얼마나 힘든지를 잘 알지요. 그래서 나는 밥알 하나라도 그냥 버려지면 참 속상해합니다.

이 책에 실려 있는 이야기는 바로 우리 어릴 때 귀하디귀한 벼농사를 지으며 겪은 여러 가지 이야기를 풀어놓은 것입니다. 요즘은 기계화되어 쉽게 농사를 짓지만, 그 수고와 정성은 옛날과 크게 다르지 않을 것입니다.

어린이 여러분, 이 책의 이야기를 읽고 그때는 어떻게 벼농사를 지었는지, 여러분 또래 어린이들은 어떻게 벼농사 일을 거들었는지, 밥알 하나가 얼마나 귀한 것인지 조금이라도 알았으면 좋겠습니다.

이호철

봄 · 모내기를 해야 쌀밥을 묵제

❖ 이른 봄 새싹 돋고, 못자리 만들고

❖ 날 좋은 날 볍씨 뿌리고

❖ 모판에 피사리하고, 논에 거름 내고

❖ 키 재기 하듯 모가 쑥쑥 자라고

❖ 모내기하기 바쁘고

"찌지볼 찌지볼 찌지볼 뽀지작 뽀르르륵……."

"찌찌볼 찌찌볼 찌찌볼 찌볼찌볼찌볼 뽀지직 뽀르륵……."

"찌볼찌볼 삐이익 삐이익 삐이익 찌지볼 뽀르르윽……."

이른 아침부터 벌써 제비 한 쌍이 우리 집 큰방 처마 밑에다 둥지를 다 지어 놓았습니다. 요즘 날마다 지푸라기와 진흙을 부지런히 물어다 차곡차곡 쌓더니만.

제비는 한 번 둥지를 지어 놓으면 해마다 같은 둥지를 고쳐 들어와 삽니다.

이른 봄 새싹 돋고, 못자리 만들고

　3월 하순. 진달래 꽃봉오리가 새끼 밴 우리 개 누렁이의 젖꼭지처럼 봉긋봉긋 부풀기 시작했습니다. 햇볕 따스한 산기슭 양지쪽엔 벌써 꽃망울을 터트리기도 했고요. 논 밭둑 양지쪽엔 어느새 이름 모를 꼬마 풀꽃들이 저희끼리 방긋방긋 웃고 있지요. 목 빼 올린 보리는 파릇파릇한 잎을 도르르 말아 올리고 봄바람에 한들한들 춤을 춥니다. 아직 다 가시지 않은 찬 기운 때문에 이따금 몸을 움츠리기도 하면서요.

　"이랴, *끌끌끌끌끌!* 이랴, 이랴!"

겨우내 묵혀 두었던 무논갈이를 시작합니다. 벌써 벼농사가 시작된 셈이지요.

4월 초중순 더욱 따뜻해진 봄. 이제 씨앗 뿌릴 때가 되었습니다. 우리가 쌀밥을 먹으려면 이때 볍씨도 뿌려야 하지요. 벼 가운데 씨앗으로 쓰려고 껍질째 갈무리해 둔 볍씨를 우리 고장에서는 '씻나락'이라고 합니다. 아버지는 뒤꼍 뒤주에 따로 고이 갈무리해 둔 씻나락 가마니를 들어내어 조심스럽게 살펴보았습니다. 지난가을에 옹골차게 잘 익은 벼를 따로 타작해 둔 것이지요.

"아아따, 누우러이 황금빛이 도는 기 조오타! 이놈으로다가 씻나락 하마 내

무논갈이 음력 2월부터 쟁기를 이용하여 논을 가는 일을 논갈이라고 한다. 논갈이는 무논갈이와 마른논갈이가 있는데, 무논갈이는 겨울부터 논물을 받아두었다가 갈이를 하는 것이다. 마른논갈이는 논물 없이 하는 것인데, 겨우내 묵혀 두었거나 보리를 심었던 논에 쟁기질을 하는 것이다. 마른논에는 아직 보리가 자라고 있어 아무것도 심지 않은 채 묵혀 두었던 무논갈이부터 하는 것이다.

뒤주

뒤주 쌀 따위의 곡식을 담아 두는 세간의 하나. 우리는 집 뒤꼍에 벽에 붙여 공간을 만들어 벽을 쌓아 큰 뒤주를 만들기도 했다. 문짝은 나무판자로 만들어 한 단 한 단 높여가며 뗄 수 있도록 했다. 이곳엔 타작한 벼를 퍼 담았는데 이것을 '나락뒤주'라고 했다. 이 나락뒤주에 벼가 꽉 차면 마당에 짚으로 섬을 만들어 벼를 담기도 했다.

가마니 곡식이나 소금 따위를 담기 위하여 짚을 돗자리 치듯이 쳐서 만든 용기. 요즈음에는 비닐이나 종이 따위로 만든 큰 부대를 이르기도 한다.

가마니

년 나락 농사는 더 잘 되겠제."

지난가을에 벼 타작을 하면서 아버지가 한 말입니다.

그런데, 씻나락 가마니를 살펴보던 아버지의 눈이 휘둥그레졌습니다. 쥐가 씻나락을 파먹었기 때문이지요.

"이느무 쥐새끼들, 어데로 들어왔는동 또 이래 건드리 났네."

뒤주에는 그냥 넣어둔 벼도 많이 있는데 하필이면 가마니에 담아 꽁꽁 묶어 둔 씻나락을 기 쓰고 파먹을 게 뭡니까. 까만 쥐똥이 여기저기 흩어져 있는 걸 보면 쥐란 놈이 뒤주를 제집 드나들듯 들락날락했나 봅니다. 가끔 뒤주를 살펴보긴 했지만, 사람 눈이 미치지 못하는 구석 쪽 씻나락 가마니에 구멍 내어 놓은 건 미처 발견하지 못한 겁니다.

"헛 그것참! 낼은 못자리 일 시작해야 되겠구먼."

아버지는 꺼내 놓은 씻나락 가마니를 조심스레 열어젖혔습니다. 가마니 주둥이 부분에서 쥐가 알갱이만 까먹고 남긴 벼 껍질이 소르르 떨어졌습니다. 아버지는 씻나락을 한 움큼 집어 손바닥에 펼쳤습니다. 그리고 손가락으로 요리조리 헤집으며 살펴보기도 했습니다. 별문제가 없는지 고개를 끄덕끄덕하고는 도로 넣고 가마니 주둥이를 도르르 말아 꽁꽁 묶었습니다. 밤사이에라도 쥐란 놈이 다시 건드리지 못하도록 말이지요.

이튿날 아침, 방문이 훤하게 비쳤습니다.

"철아, 언능 인나거라."

나는 어머니가 깨우는 소리에도 그냥 이불을 안고 뒹굴고만 있었습니다.

"너거 아부지 아랫들 못자리 논 갈로 갔는데 인자 다 갈았을 끼다. 언능 가서 소 받아 몰고 오니라."

"아이참, 몰라잉. 인철이는 가만 놔두고 와 나만 자꾸 깨우는데!"

"모르기는 뭐를 몰라! 그라고 인철이는 얼라 아이가. 언능 가거라잉!"

나는 어머니의 큰소리에 겨우 눈 비비며 일어났습니다. 부엌에 누나가 보이지 않는 걸 보니 홀치기 마감 날이 가까워졌나 봅니다. 어머니 혼자 부엌에서 딸그락딸그락 아침밥을 짓고 있습니다. 사랑채에 걸린 쇠죽솥에서는 피이피이 허연 김이 새어 나와 이내 공중으로 훌훌 흩어집니다. 벌써 쇠죽을 다 끓이고 몽당 빗자루로 아궁이 앞을 싹싹 쓸어 넣던 할머니가 나를 보더니 이랬습니다.

언능 인나거라 얼른 일어나거라.

홀치기 홀치기염색. 물들일 천을 물감에 담그기 전에 어떤 부분을 홀치거나 묶어서 그 부분은 물감이 배어들지 못하게 하여 물들이는 방법으로, 내가 어릴 때 여자 분들이 홀치기라는 것을 했다. 일본에서 홀치기 할 비단을 가져오면 우리나라에서 홀치기를 해서 다시 일본으로 보내는데 얼마만큼 크기의 비단 천을 홀치기 해주면 돈을 줬다. 그래서 그때 농촌에서는 부업으로 누나들이나 아주머니들이 어느 집에 모여 많이 했다. 더구나 어느 날까지 해야 하는 기한이 있어서 그 안에 다하기 위해 누나는 어머니의 부엌일도 못 도와드리고 그것을 할 때도 있었다.

"아고오, 우리 호철이 눈꼽이 발등 깨겠네. 이눔 자슥, 눈 똑바로 떠라, 자빠질라."

나는 들길에 들어서면서도 하품을 멈추지 못했습니다. 그렇지만 상큼한 공기를 흠뻑 들이켜다 보니 어느새 하품은 도망가 버리고 말았습니다. 해님은 벙글벙글 웃으며 동산 위에 머리를 내밀고 있지요. 더욱 쑥 커 오른 보리도 잠을 깼는지 햇빛에 반짝반짝 빛납니다.

"이랴, 이랴! 끌끌끌끌……. 어뎌 어뎌! 어뎌뎌뎌뎌……."

아버지의 소 부리는 소리가 아침 들판 공기를 가릅니다. 지난가을에 보리를 갈지 않고 아시갈이만 해서 겨우내 묵혀 두었다 이렇게 봄에 한 번 더 갈아엎는 것입니다. 잘 썩은 퇴비를 고루고루 뿌려서요.

우리 소 늙다리는 한 번씩 '끙!' 앓으면서도 꿋꿋하게 쟁기를 끕니다. 나는 쟁기에 갈린 논흙이 옆으로 헤딱헤딱 넘어가는 게 재미있어 한참 동안 멀거니 바라보며 서 있었습니다. 쟁기 지나간 자리엔 이내 물이 조르르 고이지요.

"이랴, 끌끌끌끌……. 늙다라, 힘내라. 인자 얼매 안 남았데이. 어여 가자. 이랴! 끌끌끌……."

아시갈이 초벌갈이, 애벌갈이. 논이나 밭을 첫 번째 가는 일
쟁기 소에 메워 논밭을 가는 농기구

쟁기

늙다리가 똑바로 잘 가다 조금 오른쪽으로 가버렸습니다.

"어허, 늙다라. 어데로 가노? 어더뎌뎌 어더뎌뎌덧!"

늙다리는 아버지의 큰소리에 찔끔 놀랐는지 이젠 왼쪽으로 틀어 삐딱하게 갔습니다.

"어허, 참! 늙다라, 어데로 가노? 너로너로 너로오."

그러니까 바로 잡아 나아가긴 하는데, 아직도 놀란 가슴이 가라앉지 않았는지 눈을 둥그렇게 뜨고 마구 앞으로 나아갔습니다. 아버지는 안 되겠는지 늙다리를 잠시 세웠습니다.

"워워, 워어."

늙다리는 제자리에 서서도 가슴을 들썩이며 헐떡거렸습니다.

"늙다라, 좀 쉬었다 하자. 인제 다 안 해가나. 쪼매만 참아라잉."

아버지는 잠시 숨을 돌린 뒤 다시 논을 갈기 시작했습니다. 늙다리는 아버지가 하는 말을 잘 알아들었다는 듯 힘을 잘 맞추며 앞으로 나아갔습니다. 우리 늙다리와 아버지는 서로 박자가 척척 잘 맞지요.

"늙다라, 애썼다. 어여 가 쇠죽 묵어래이."

아버지는 못자리 논을 다 갈고 늙다리 뒷덜미에 지워진 멍에

멍에

멍에 수레나 쟁기를 끌기 위하여 마소의 목에 얹는 구부러진 막대

를 벗겨 내었습니다. 헉헉거리는 늙다리 뒷덜미에 누렇게 박인 굳은살이 더욱 두터워진 것 같습니다.

"호철아, 늙다리 배고프겠다. 어여 가 쇠죽 믹이라. 나는 뒷마무리하고 가꾸마. 어여 늙다리 몰고 가거라."

나는 아버지한테서 늙다리 고삐를 넘겨받았습니다. 늙다리는 발목까지 꺼먼 논흙 묻은 네 다리로 들길을 뚜벅뚜벅 걸었습니다.

집에 와 할머니가 끓여 놓은 쇠죽을 구유에 퍼 주었습니다. 구수한 냄새가 나는 쇠죽에서 새하얀 김이 뭉게뭉게 피어올랐습니다. 늙다리는 뜨끈한 쇠죽을 콧바람 씩씩 불어가며 맛나게 먹었습니다. '쩝쩝쩝 꿀꺽' 소리까지 내면서요. 배가 무척 고팠나 봅니다.

아침을 먹은 뒤, 아버지는 커다란 고무 그릇에 물을 반 넘게 붓고, 소금을 몇 움큼 집어넣더니 긴 막대로 휘휘 저었습니다.

"아부지예, 물에 소금은 뭐할라꼬 넣는데예?"

"……."

구유 소나 말 따위의 가축들에게 먹이를 담아 주는 그릇. 흔히 큰 나무토막이나 큰 돌을 길쭉하게 파내어 만든다.

구유

내가 고개를 갸우뚱하는데도 아버지는 말없이 바가지로 가마니의 씻나락을 조심스럽게 퍼내었습니다. 그리고 소금물에 담그더니 막대로 몇 번 휘저었습니다.

"아부지예, 와 씻나락을 소금물에 담가예? 이 짭은 소금물에요?"

"씻나락을 소금물에 담구마 쭉디기는 물에 뜨고 실한 놈은 다 가라앉아. 가라앉은 놈으로다가 씨앗을 해야 빙도 안 생기고 튼튼하이 잘 크제."

소금물 농도는 달걀을 넣었을 때 조금 떠오를 정도, 그러니까 동전 넓이만큼 달걀이 물 위에 드러날 정도면 된다고 했습니다. 이렇게 씻나락 가리는 것을 '소금물 비중가림'이라고 하지요. 그런데 아버지는 달걀도 안 넣어 보고 막 씻나락을 담갔습니다. 해마다 해 봐서 다 안다면서요.

"호철아, 여게 함 봐라. 쭉디기 뜨제? 이거는 이래 걷어내야 돼."

아버지는 씻나락을 소금물에 담근 한참 뒤 조그만 대소쿠리로 물 위에 뜬 쭉정이와 반 쭉정이 벼를 걷어내었습니다. 소금물 밑에 가라앉은 씻나락은 건져서 다시 맑은 물에 넣고 휘휘 저었습니다. 소금물을 씻어내기 위해서지요. 그런 다음 건져서 다시 맑은 물에 담가 두었습니다. 아버지는 이때 소독약을

쭉디기 쭉정이. 껍질만 있고 속에 알맹이가 들지 아니한 곡식이나 과일 따위의 열매

물에 풀었습니다. 고약한 냄새가 코를 찔렀습니다.

하루쯤 있다 다시 건져 물을 뺐습니다. 그리고 마대에 담아 사랑방 따뜻한 아랫목에 반반하게 깔은 뒤 얇은 이불로 덮어 놓았습니다.

"아부지예, 뜨거운 데 놔두가지고 나락이 익으마 우쨉니꺼?"

"이느마야, 누가 익거로 놔두는강. 그러니께 미지근한 데 두지. 이래가 이틀이나 사흘쯤 있으마 촉이 안 나오나."

"그래가지고예?"

"그래가지고 못자리에 뿌리야제."

논두렁, 밭두렁이나 밭 가장자리엔 꽃다지, 냉이, 쑥, 별꽃나물, 벼룩이자리나물, 점나도나물, 지칭게나물, 망초나물, 돌나물……. 온갖 나물들이 올라옵니다. 개울가엔 미나리도 목을 쑥 빼고요. 누나들과 꼬맹이 여자아이들까지 너도나도 나물 캐러 봄바람 살랑이는 들녘에 나섰습니다. 언덕엔 보랏빛 제비꽃이, 논두렁 따뜻한 양지쪽엔 노란 양지꽃이 활짝 펴 누구를 꼬드기는지 모르겠습니다. 언덕 잔디밭이나 논 밭둑 여기저기엔 또 샛노란 민들레꽃이 누가 보거나 말거나 방긋방긋 웃고만 있고요.

저녁엔 누나가 캐온 냉이를 넣어 된장국도 끓이고, 여러 가지 나물을 살짝

마대 굵고 거친 삼실로 짠 커다란 자루

데쳐 참기름 넣고 조물조물 무치기도 했습니다. 집안 가득 풋내 품은 구수한 된장 냄새와 고소한 참기름 냄새가 콧구멍을 건드리며 군침이 돌게 합니다. 아버지는

"어허, 인자 봄은 봄이구나. 봄나물 묵으니께 풋내가 살짝 나는 기 입맛이 살아나네."

이러며 냉이가 들어간 된장을 듬뿍 퍼 넣고 무침 나물과 함께 밥을 비벼서 한 그릇 뚝딱 비우고 더 먹었습니다.

이튿날입니다. 일요일이지요.

"찌지볼 찌지볼 찌지볼 뽀지작 뽀르륵……."

"찌찌볼 찌찌볼 찌찌볼 찌볼찌볼찌볼 뽀지직 뽀르륵……."

"찌볼찌볼 삐이익 삐이익 삐이익 찌지볼 뽀르르윽……."

이른 아침부터 벌써 제비 한 쌍이 우리 집 큰방 처마 밑에다 둥지를 다 지어 놓았습니다. 요즘 날마다 지푸라기와 진흙을 부지런히 물어다 차곡차곡 쌓더니만. 제비는 한 번 둥지를 지어 놓으면 해마다 같은 둥지를 고쳐 들어와 삽니다. 지난가을 제비 가족이 떠난 뒤에 둥지에서 무슨 벌레와 흙이 자꾸 떨어지곤 해서 할머니가 작대기로 아예 헐어 버렸는데 다시 그 자리에 지어 놓은 겁니다. 제비는 추운 겨우내 따뜻한 강남에 갔다 날이 풀리는 삼짇날쯤에 다시 우리나라에 돌아옵니다. 강남 갔던 제비가 빨리 돌아오면 그해는 풍년이 든다

고 해요.

"호철아, 니 아부지 따라 가제이."

아침 밥상을 물린 아버지가 나를 붙잡았습니다.

"예에?"

"야, 이느마야. 못자리 만들라 카는데 심부름이라도 좀 해 조야지 아부지가
지대로 일을 하제. 한 참만 하마 된다. 아부지 좀 거들어 주고 소꼴 뜯든지 놀

든지 해라."

"예에."

나는 아버지를 따라 못자리 논으로 갔습니다. 아버지는 우리 늙다리에게 써레를 메워 갈아엎어 놓은 못자리 논을 썰었습니다. 못자리 논 갈 때부터 물을 조금 대어 놓아 늙다리가 철버덩철버덩 소리 내며 발걸음 옮길 때마다 거무스레한 논 흙탕물이 사방으로 튀었습니다. 아버지는 논흙이 부드럽고 반반하게 되도록 다 써리고는 내게 늙다리 고삐를 넘겨주었습니다.

"저짝 갱빈 버드나무에 늙다리 매 놓고 오니라."

"아부지예, 다 했습니꺼?"

"인자 모판 만들어야제."

강남 중국 양자강(양쯔 강) 이남지역으로 사철 매우 따뜻한 날씨를 갖고 있는 지방의 남쪽나라를 가리킴.

삼짇날 음력 3월 3일. 양력 4월 2일쯤.

써레 갈아 놓은 논의 바닥을 고르는 데 쓰는 농기구. 긴 각목에 둥글고 끝이 뾰족한 살을 7~10개 박고 손잡이를 가로 대었으며 각목의 양쪽에 밧줄을 달아 소나 말이 끌게 되어 있다.

써레

썰었습니다 써레질을 하다. 써레로 논바닥을 고르거나 흙덩이를 잘게 부수는 일을 하다.

갱빈 시냇가. 하천가. 강변을 일컫는 경상도 방언. 여기서는 개울가를 말한다.

모판 씨를 뿌려 모를 키우기 위하여 만들어 놓은 곳으로, 벼 모판은 본답인 논의 한 귀퉁이에 만드는데, 관리하기 쉽고 물대기 좋은 자리에 만든다.

늙다리를 내다 매어 놓고 오니 아버지는 논흙으로 못자리 논둑을 만들어 삽으로 매끈하게 다듬었습니다. 그리고 논 뒤쪽으로는 갈개도 만들었습니다. 뒤 구석에서 솟아나오는 찬물이 빙 둘러오면서 햇볕에 데워져 못자리로 들어오도록 하기 위해서지요. 찬물이 바로 못자리에 들어오면 모가 잘 자라지 못하기 때문이랍니다. 아버지는 물을 조금 뺀 뒤에 괭이 뒤쪽으로 말목을 툭툭 박았습니다.

"호철아, 저짜 지게 있는 데 새끼줄 있제? 그거 좀 갖꼬 들어오니라."

나는 사려 놓은 새끼 뭉치를 들고 못자리 논으로 들어갔습니다.

"으윽! 으으, 참아라!"

아버지는 한쪽에서 다른 쪽 말목으로 새끼줄을 늘여 팽팽하게 매었습니다. 그러니까 너비 150cm쯤 되게 해서 양쪽 귀퉁이에 말목을 박고 새끼줄을 쳐 긴 모판을 다섯 줄이나 만든 것이지요. 모판 사이 약 30~35cm쯤 되도록 사람이 다닐 수 있게 통로를 비워 놓고요.

아버지는 또 통로 흙을 삽으로 살짝살짝 모판에 떠올렸습니다.

"아부지예, 내가 모판 함 고라 보까예?"

갈개 땅에 괸 물을 빠지게 하거나 땅의 경계를 표시하기 위하여 얕게 판 작은 도랑
말목 말뚝

"할 수 있겠나?"

"아고, 고거도 하나 못 하까봐예."

나는 고무래를 밀었다 당겼다 하며 모판을 반반하게 고르기 시작했습니다. 논흙이 개흙처럼 말랑말랑한 게 참 재미있습니다.

"아아따, 우리 호철이 잘하네."

통로 흙을 모판에 다 떠올린 아버지는 내가 가지고 있던 고무래를 받아들고는 모판을 더 반반하게 고르었습니다.

"이래가지고 모판 물이 자작자작할 때꺼정 한참 나뒀다가 물을 대야 돼. 그나저나 낼은 씻나락 뿌릴라 카는데 날씨가 좋을란강 모리겠네."

아버지의 구릿빛 얼굴과 누런 중우바지적삼은 온통 거무스레한 흙투성이입니다. 무논에선 벌써 개구리가 머리를 쏙 내밀고 울어댑니다.

"가르르르르르 가르르르르르 가르르르르르……"

"괴괴괴괴괴괴……"

"뽀르르르르르 뽀르르르르르 뽀르르르르르……"

고무래

고무래 곡식을 그러모으고 펴거나, 밭의 흙을 고르거나 아궁이의 재를 긁어모으는 데에 쓰는 'ㅜ' 자 모양의 기구. 장방형이나 반달형 또는 사다리꼴의 널조각에 긴 자루를 박아 만든다.

중우바지적삼 옛날 남자들이 입던 무명이나 삼베로 만든 홑바지와 윗옷을 말한다.

"곽곽곽곽곽 곽곽곽곽곽 곽곽곽곽곽곽……."

수컷이 짝 찾느라 내는 소리가 대부분이랍니다. 또 대개 알을 놓고 있거나 수정이 이루어지고 있는 둘레에서는 수컷이 합창을 한다고 해요. 지금 무논 양지쪽 이곳저곳엔 개구리가 무덕무덕 알을 놔 놓았답니다. 동글동글 콩알만 한 우무질 속에 까만 깨알같은 동그란 알이 들어 있지요. 무논 한 귀퉁이에 도

롱뇽이 알 놔 놓은 것도 보았습니다. 마치 도르르 말린 소시지처럼 생긴 우무질 안에 까만 점 같은 알이 띄엄띄엄 들어 있지요.

들판 언덕엔 새하얀 조팝꽃이 피기 시작했고, 산기슭엔 연분홍, 진분홍 진달래꽃이 무덕무덕 활짝 피었습니다. 마치 진달래꽃 불이 난 것 같기도 하지요.

우무질 개구리 알을 둘러싼 젤리 같은 물질

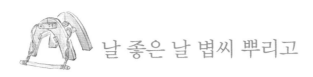

날 좋은 날 볍씨 뿌리고

"우와아, 아부지예! 씻나락 촉이 뺏쪽하게 나와요!"

아침에 아버지가 둥구미에 부어 놓은 씻나락을 보고 하도 신기해 소리쳤습니다. 정말 이틀 지나니까 배가 한껏 부푼 씻나락 한쪽 끝에서 귀여운 갓난아기 젖니처럼 하얀 촉이 뽀족이 나오고 있었습니다.

아침 먹고는 씻나락 뿌릴 준비를 했습니다.

"아아따, 날씨 조오타! 바람 불마 우짜꼬 캤디 날이 화창하고 바람 하나 없이 고요하네. 언능 씻나락 뿌리야 되겠다. 호철이 니도 아부지 따라가자."

"뭐할라꼬예?"

"이느마가 또 '뭐할라꼬예?' 카네. 뭐하기는 뭐하노, 잔심부름 하제. 그라고 그양 놀마 뭐하노."

둥구미 멱둥구미. 짚으로 둥글고 울이 깊게 걸어 만든 그릇. 주로 곡식이나 채소 따위를 담는 데에 쓰인다.

우짜꼬 캤디 어쩌나 했는데

둥구미

"안 놀고 소꼴 뜯으마 되제요."

"오늘은 너거 엄마도 갈 끼니께 군소리 마고 같이 가자."

"엄마도 간다꼬예? 인철이도 델꼬 가까예?"

"얼라를 델꼬 가가 뭐할라꼬. 지대로 놀그러 놔도라. 고마. 니 동생은 지대로 노는 기 도와주는 기다."

상큼한 공기 마시며 햇볕 따사로운 들길 걷는 기분도 참 좋습니다. 얕게 대어 놓은 못자리물이 고요합니다. 맑은 물밑의 모판 바닥도 훤히 보이고요. 아버지가 먼저 씻나락 퍼 담은 씨망태를 어깨에 메고 못자리 논에 들어섰습니다. 어머니도 씻나락 함지박을 옆에 끼고 가만가만 들어섰고요. 아버지는 흙탕물이 일지 않게 조심스럽게 발을 옮기며 씻나락을 솔솔 뿌려 나갔습니다. 흩뿌려진 씻나락은 모판에 살짝살짝 내려앉지요. 어머니도 아버지 따라 씻나락을 뿌렸습니다. 그런데 아무래도 아버지보다는 좀 서툴게 보입니다.

"이래 뿌리마 되겠능교?"

어머니가 아버지에게 물었습니다.

씨망태

씨망태 아주 가느다란 새끼로 촘촘히 엮어 씨앗을 담도록 하고 끈을 달아 한쪽 어깨에 멜 수 있도록 한 그릇. 어깨에 메거나 허리춤에 매고 썼다.

달게 배게. 사이가 비좁거나 촘촘하게라는 뜻

"잘 뿌리네. 그래 하마 되제 뭐. 너무 달게 뿌리마 모가 약해서 안 되고, 드물게 뿌리마 모는 튼튼해도 모 패기 수가 적어가지고 모내기를 얼매 몬 해."

"아부지예, 아부지는 우째 그래 골고리 잘 뿌릴 수 있습니꺼? 기술이 좋아야 그래 뿌릴 수 있제요?"

"이거도 기술이라 칼 수 있나. 자꾸 해 보마 저절로 다 되는 기지."

"그라마 내도 함 해 보까예?"

"하고 싶으마 함 해 봐라."

나도 바가지에 씻나락을 조금 담아 들고 못자리 논에 들어섰습니다.

"으으 차거라!"

"이느마야, 찹기는 뭐가 찹노. 봐라. 요래 솔솔솔 뿌리마 된다. 함 해 봐라."

나는 아버지가 시키는 대로 손가락 사이로 씻나락을 조금씩 흘려 뿌려 보았지만 서툴고 너무 조심스러워 제대로 뿌릴 수가 없었습니다. 아버지는 술술 뿌리는데 나는 겨우 몇 알씩 떨어뜨리는 정도지요. 그런데 나는 제대로 뿌려 보지도 못하고 일만 내고 말았습니다.

"어어! 어어!"

소리치며 비틀비틀하다 모판에 퍽 주저앉고 만 겁니다. 논에 푹 빠진 왼쪽

골고리 골고루

발을 빼내려다 그렇게 된 것이지요.

"헤헤이! 야, 이느마야. 모판에 그래 펄썩 주저앉으마 우째노. 허허, 그것참!"

아버지가 나무랐습니다. 그런데 어머니는

"하하하하하……. 호철이 궁디 좀 봐라. 똥 쌌는 거 긋네, 하하하하하……."

이러며 들판이 들썩거리도록 웃는 겁니다.

"아이참! 엄마는 좀 웃지 마라!"

"니가 웃게니까 웃제, 자슥아야. 하하하하하……."

"아이참!"

나는 그만 못자리 논 밖으로 휭 나와 버렸지요.

볍씨는 반나절도 안 되어 다 뿌렸습니다.

날이 더욱 따뜻해졌습니다. 맑고 바람 한 점 없이 고요한 아침입니다.

"호철아, 오늘은 소꼴 뜯으로 가지 마고 아부지 따라가자."

"광수하고 약속했는데예."

"오늘은 안 된다. 광수 혼차 가라 캐라."

"꼭 같이 갈라 캤는데……. 아, 참! 인철이 델꼬 가까예?"

"어허, 참. 얼라가 먼 데를 우예가노, 이느마야."

어머니 치마꼬리 잡고 졸졸 따라다니는 동생이 그만 밉게 보였습니다. 아침 먹은 나는 또 할 수 없이 아버지를 따라나섰습니다. 넉박골 못자리에 간 것입니다.

넉박골 논은 산 바로 아래에 있는 다랑이 논입니다. 꼬부랑 논두렁은 대부분 우리 키를 넘는 높이지요. 우리 다랑이 논 가운데는 삿갓배미란 논도 있지요. 논 주인이 비 올 때 삿갓을 쓰고 갔다가 비가 멈춰 삿갓을 벗어 놓고 이 논 저 논 물꼬를 보았답니다. 물꼬를 다 보고 논을 보니 한 다랑이가 없어졌다나요? 그래 이번 장마에 떠내려갔나 보다 하고 벗어 놓은 삿갓을 쓰려고 드니까 그 밑에 한 다랑이가 있었다네요. 그렇게 삿갓만큼 작은 다랑이를 일컬어 '삿갓배미'라 한답니다. 정말 삿갓만 한 건 아니고 그만큼 아주 작은 다랑이 논이란 뜻이겠지요. 이런 다랑이 논은 못줄을 맬 수가 없어 그냥 식구들끼리 눈대중으로 벌모를 심는 일이 많답니다.

그 밖에도 다랑이 논은 생긴 모양에 따라 이름이 많답니다. 배꼽처럼 다른 논 사이에 끼어 있는 배꼽도가리, 장구처럼 가장자리가 넓고 가운데가 좁은 장구배미, 가운데가 불룩한 술통배미, 논바닥이 삐딱하게 기운 비뚝배미, 동

다랑이 산골짜기의 비탈진 곳 따위에 있는 계단식으로 된 좁고 긴 논배미로 논다랑이, 다랑논이라고도 한다.

벌모 허튼모. 못줄을 쓰지 아니하고 손짐작대로 이리저리 심는 모

그스름하고 한쪽 끝이 뾰족하게 생긴 쪽박도가리, 뒤는 곧고 앞은 활처럼 휜 반달도가리…….

넉박골 못자리에 뿌려진 볍씨는 벌써 뿌리를 내리고 연두색 촉을 침같이 뾰족뾰족 내밀었습니다. 아버지는 못자리 물을 쪽 빼내었습니다.

"아부지예, 와 못자리 물을 뺍니꺼?"

"이래야 씻나락이 튼튼하이 돼. 밤에는 찹아서 물을 많이 대야 되고 낮에는 물을 빼서 얕게 대야 돼. 그래야 물이 딱 알맞게 따뜻해지거덩. 그란데 오늘은 물을 쏙 빼. 몇 번은 이래야 씻나락 뿌리가 더 잘 박히고 싹도 튼튼하이 자라제."

"예에? 모가 더 튼튼하이 자란다꼬예?"

"물 없으마 뿌리가 물 빨아 묵을라꼬 땅에 더 깊이 내릴 거 아이가. 그러마 모도 튼튼하이 안 자라나. 니는 새가 씻나락 못 자묵거로 지키라잉? 알았제? 물 빼마 요놈 참새들이 자꾸 안 달라드나."

"예에."

아버지는 지난 늦여름과 초가을 무렵 큰비로 무너진 논두렁을 새로 쌓았습니다. 큰 돌은 밑에 놓고 작은 돌은 위에 쌓으며 흙을 채우고 다져 물이 새지 않도록 했습니다. 지난가을 추수 끝나고도, 또 날이 풀리기 시작한 이른 봄에도 쌓긴 했지만 그때 다 못 쌓은 걸 이제야 쌓는 것이지요.

나는 집으로 돌아올 때 물이 한껏 오른 도랑가 버드나무 가지로 날라리를 만들어 '뿌우우 뿌우우' 불며 왔습니다.

"히야, 히야! 날라리 내 도. 흐흐흥 내 도, 히야."

집에 오니 동생이 날라리를 저 달라고 막 떼를 썼습니다. 마을 초가집 뒤꼍 여기저기엔 연분홍 살구꽃과 복숭아꽃이 화사하게 피어 평화롭기 그지없습니다.

날라리 태평소. 여기서는 호드기 또는 버들피리를 말함. 물오른 버들가지의 통껍질로 만든 피리

모판에 피사리하고, 논에 거름 내고

　아버지는 그사이 틈틈이 모판에 피사리를 몇 차례 했습니다. 모에는 다른 잡풀도 섞여 자라는데, 그 가운데 가장 많이 나오는 게 '피'라는 풀입니다. 피 뽑아내는 일을 '피사리'라고 하지요.

　"헤헤이! 야, 이느마야. 니는 그래갖꼬 꼴머슴이라도 하겠나, 농사지을 늠이."

　"예에?"

　"니 이거 함 봐라. 니가 뽑은 거는 마카 나락이다, 나락."

　"아인데예. 피 아입니꺼?"

　아버지 따라 피사리하다 핀잔을 들은 것입니다. 모가 어릴 때는 벼와 피 가리기가 쉽지 않습니다. 모가 좀 자랐을 때, 잎과 줄기 사이에 하얀 마디가 있는데 그게 넓으면서 짙고, 하얀 마디 바로 윗부분이나 잎줄기 전체에 솜털 없

꼴머슴 땔나무나 꼴을 베어 오는 나이 어린 머슴
마카 모두

이 반질반질하면 피입니다. 또 피는 가운데 잎맥이 넓고 하얗습니다. 줄기와 뿌리 사이 부분이 조금 붉은색을 띄기도 하고요. 이렇게 말은 쉽게 하지만 우리 같은 아이가 아주 어린 피를 가려내는 건 쉽지 않지요.

"니가 뽑아낸 거 함 봐라. 여게 털 보이제? 이거는 마카 나락이다 알겠나?"

"털 없는데예."

"니는 밝은 눈에 그거도 안 비나."

그러고 보니 피가 벼보다는 잎도 좀 넓고 키도 컸습니다. 모에는 방동사니 풀도 많이 섞여 있지요.

한창 피사리를 하다 보니 장딴지가 따끔따끔하고 가려웠습니다.

"으응? 이기 뭐꼬?"

돌아보니 거머리 한 마리가 달라붙어 있는 게 아닙니까.

"이느무 거머리, 어데 내 피 빨아 묵을라 카노."

손바닥으로 거머리를 탁 때렸습니다. 그래도 거머리는 안 떨어지고 몸만 비틀고 있는 겁니다.

"어라! 안 떨어져? 그래, 이느무 시키. 함 보자."

사정없이 탁 때리니까 몸을 잔뜩 오므리며 떨어졌습니다. 거머리가 피 빨아 먹은 자리에서는 피가 쪼르르 흘러내렸습니다. 난 가려워 벅벅 긁어대었지요.

아버지는 또 모가 자라는 동안 틈틈이 풀을 베어와 무논 여기저기나 보리논

구석에 흩어 놓았습니다. 이렇게 넣어 놓은 풀은 썩으면 거름이 되는데, 이걸 '풋거름'이라고 합니다. 갈나무나 칡덩굴 같은 것은 작두로 썰어 넣기도 하지요. 넉박골 다랑논 옆에는 미루나무가 여러 그루 있는데 아버지는 작은아버지와 함께 새로 올라온 햇가지를 낫으로 쳤습니다. 높은 데는 장대 끝에 낫을 묶어서 치기도 하고요.

"아부지예, 버들나뭇가지는 와 치는데예?"

"으응. 가지를 치마 버들나무도 잘 자라고, 잔가지 친 거는 작두로 썰어가 논에 거름할라꼬."

"나뭇가진데예?"

"그래도 논에 넣으마 다 썩는다."

아버지와 작은아버지는 파릇파릇 잎이 붙어 있는 미루나무 햇가지를 작두로 종종 썰어 논에 넣었습니다.

보리가 노릇노릇 익기 시작했습니다. 모내기할 때가 가까워진 것이지요. 모내기할 때쯤 되면 논에 넣어 놓은 풀은 어느 정도 썩어 거름이 된답니다. 물이

작두 마소의 먹이를 써는 연장. 대체로 갸름하고 두툼한 나무토막 위에 긴 칼날을 달고 그 사이에 짚이나 풀 따위를 넣어 자루를 손으로 누르거나 발판을 발로 디뎌 가며 썰게 되어 있다.

작두

잘 빠지지 않아 보리를 갈지 않은 논엔 둑새풀이 우묵이 자라 있습니다. 아시 갈이를 해 놓은 논에도요. 아버지는 논에 무덕무덕 내어 놓았던 두엄을 흩뿌렸습니다. 그리고는 다시 쟁기로 갈아엎었습니다.

"이랴, 끌끌끌끌끌……. 이랴, 이랴! 끌끌끌끌끌……."

못자리 논 갈 때도 그렇더니만 이렇게 모내기 논을 갈아엎으니까 백로를 비롯한 여러 새들이 모여들었습니다. 흙속에서 튀어나오는 벌레를 쪼아 먹으려고요.

둑새풀 논밭의 습지에 나는데 늦봄에 엷은 녹색 꽃이 핀다.

키 재기 하듯 모가 쑥쑥 자라고

모가 키 재기를 하나?

서로서로 자기가 잘 자라려고

고개를 빳빳이 쳐드네.

바람이 착하다고 쓰다듬어 주면

좋다고 춤을 춘다.

바람이 사르르 가고 나니

꾸벅꾸벅 졸다가

바람이 건드리니

깜짝 놀라서 잠을 깬다.

아이고 잠을 깨야지, 하며

또 서로서로 키재기를 하네.

(1990. 5. 경산 부림초등 4학년 장상태의 시 '모')

이제 모가 한 뼘도 넘게 자랐습니다. 말 그대로 모가 서로서로 키 재기 하는 것처럼 쑥쑥 잘도 자라지요. 못자리와 무논엔 큰 콩알만 한 올챙이 떼가 꼬리를 얄랑얄랑 흔들며 몰려다닙니다. 어떤 무논에는 까만 올챙이 떼가 구름처럼 몰려다니기도 하고요. 올챙이 몇 마리를 두 손으로 떠서 보면 입을 동그랗게 벌렸다 오므렸다 합니다. '뽀끔뽀끔뽀끔…….' 그 모습이 얼마나 앙증스러운지 몰라요. 어떨 때는 깜장 고무신에 올챙이를 담아 오다 다시 논에다 놓아 주기도 하지요. 올챙이는 우리들의 동무지요. 마을 텃밭 울타리 밑엔 노랑 병아리가 어미 뒤를 종종 따라갑니다.

그런데, 아랫들로 소꼴 뜯으러 가다 보니 우리 못자리에 소가 보이는 게 아닙니까! 소가 우리 못자리에 들어간 것이지요. 게다가 모를 막 뜯어 먹기까지 하는 겁니다. 나는 꼴망태와 낫을 내팽개치고 막 달려갔습니다.

"이느무 소! 어데 남의 모 다 뜯어 묵노. 니는 오늘 내한테 죽을 줄 알아라. 오늘이 니 제삿날이다, 이느무 소!"

돌멩이도 냅다 집어 던졌습니다. 소는 그제야 알아차렸는지 깜짝 놀라 펄쩍펄쩍 뛰어 달아났습니다. 으아아! 뛰는 것까지는 좋다 이겁니다. 그런데 모판을 가로지르며 모를 마구 짓밟고는 누렇게 익어가는 보리논 가운데로 달아나는 게 아닙니까. 나는 더 열이 뻗쳐올라 돌팔매질을 해대며 따라갔습니다. 소도 내가 얼마나 화가 폭발해 있는지를 알아차렸는지 더욱 잽싸게 도망칩니다. 나는 할 수 없이 더 따라가지는 못하고 소를 노려보며 씩씩거리기만 했지요.

"이느무 소! 니는 오늘 안 달아났으마 내한테 국물도 안 남았을 줄 알아라."

우리 못자리를 살펴보니 잘 자란 모를 마구 밟아 민대 놓은 건 말할 것 없고 뭉텅뭉텅 뜯어 먹기까지 했습니다.

나는 바로 집으로 달려왔습니다.

민대 놓은 뭉개 놓은, 밟아 짓이겨 놓은

"엄마, 엄마! 어떤 소가 우리 모 다 뜯어 묵었어!"

"으이? 우리 모를? 그래, 우쨌노?"

"그느무 소를 막 따라강께 똥줄 빠지게 달아나."

"모를 마이 뜯어 묵었드나?"

"응. 엄청 뜯어 묵었어!"

어머니는 "응. 엄청 뜯어 묵었어!" 이 말이 떨어지기 바쁘게 아랫들 못자리로 쌩 달려갔습니다. 아버지는 넉박골 논두렁 무너진 것 마저 쌓는다고 가서는 아직도 오지 않고요. 모판을 보고 온 어머니는 잘 자란 모를 너무 뭉텅뭉텅 뜯어 먹어서 큰일이라고 했습니다. 넉박골에서 돌아온 아버지도 어머니 말을 듣고는 화가 시퍼렇게 났습니다.

"그러마 모 뜯어 묵은 소가 누구 손동 알아났나?"

"소가 달아났뿌리서 호철이도 모린다 안 카나."

"누구 손동 알아야 물어 돌라 카제. 호철이 이느무 자슥은 그걸 보고도 모리나!"

점심도 거른 채 바로 아랫들 모판에 다녀온 아버지는

"모를 너무 뭉텅 뜯어 묵어서 큰일이네. 알아본께 섬뜸 질태네 소라카네. 허허, 참!"

이러고는 또 질태네 집으로 휭 갔다 왔습니다.

"그래 뜯어 묵은 모를 어얄라 카든데요?"

"자기네 모가 많다꼬 모자리마 줄라캤다. 갱빈에 풀 뜯어 묵으라고 소고삐도 안 매고 그냥 뒀는데 언제 못자리에 가가 뜯어 묵었는지 즈거도 잘 모린다 안 카나."

모가 모자란다는 말이 나오니 작년의 일이 생각납니다. 아랫들 못자리의 모판 여기저기에 병이 들었습니다. 모 잎에 까만 점이나 갈색 점이 생기더니 잎이 마르기도 하고 녹아내리기도 한 것입니다. 그러니 모내기할 모가 모자랄 수밖에요. 동네 몇 집에서 남은 모를 얻어오기도 하고, 누가 봇도랑에 버린 모를 주워오기도 해서 겨우 모내기를 다 하긴 했지요. 그런데 가을에 보니 찰벼까지 섞여 그만 잡동사니 벼가 되고 말았습니다. 한 마지기 넘는 논이 그렇게 되고 만 것이지요.

봇도랑 봇물을 대거나 빼게 만든 도랑

마지기 논밭의 넓이를 일컫는 단위. 한 마지기는 볍씨 한 말의 모 또는 씨앗을 심을 만한 넓이로, 지방마다 다르나 논은 약 150~300평, 밭은 약 100평 정도이다. 우리 고장에선 한 마지기가 200평이다.

 # 모내기하기 바쁘고

　5월 하순, 볍씨 뿌린 지 40일쯤 지나면 모가 25cm 정도 자랍니다. 이때 보리도 누렇게 다 익지요. 노란 감꽃이 떨어지면서 앙증스런 감이 쌩긋이 웃으며 얼굴을 내밉니다. 활짝 펴 향기 흩날리던 하얀 찔레꽃잎이 소르르 떨어지기도 하고요.

　"뻐꾹 뻐꾹 뻐꾹……."

　뻐꾹새도 자꾸 울고요.

　"꽁 꽁꽁꽁……."

　한낮 장끼 꿩 한 마리가 산 위로 날아오릅니다.

　모내기할 때입니다. 무논부터 모내기를 시작하지요. 이때부터는 정말 눈코 뜰 새 없이 바빠진답니다. 집집마다 정해진 기간에 한꺼번에 모내기를 해야 하기 때문이지요. 더구나 논보리 베어 내어 타작하고, 논감자 캐내고, 논마늘 뽑아내고 모내기를 해야 하니 얼마나 바쁘겠습니까. 오죽하면 논두렁에 꽂아 둔 막대기도 한 사람 몫을 한다고 했겠습니까. 부엌에 있는 부지깽이도 가만히 있지 못할 정도로 손이 딸리지요. 이렇게 바쁜 때를 '농번기'라고 한답니다.

그런데 왜 볍씨를 논에 바로 뿌리지 않고 모내기를 할까요? 그건 보리, 감자, 마늘, 담배 같은 농작물과 함께 이모작을 하기 위해서랍니다.

여러 날 동안 코에 단내가 나도록 보리를 거두어들여 타작까지 마친 아버지는 숨 고를 사이도 없이 보리논을 다시 갈아엎었습니다. 갈아엎어 놓은 논에 물을 대고 논흙을 끌어대어 논두렁부터 반질반질하게 다듬었습니다. 그래야 물이 새나가지 않고, 논가 잡풀도 덜 나게 되고, 나락 한 포기라도 더 심을 수 있지요. 또 그렇게 하면 논두렁콩도 심을 수 있답니다. 갈아엎은 논은 써레질로 흙을 닦달하지요. 써레질로 논을 고르고 흙을 부드럽게 만든다는 말입니다. 우리 늙다리는 철벙철벙 물을 차 붙이며 써레를 끕니다.

"이랴, 끌끌끌끌끌……. 이랴! 어뎌어뎌뎌뎌뎌! 어허, 늙다라. 어데로 가노. 너로너로너로! 자 늙다라, 인제 다 해간다. 힘 좀 써래이. 이랴! 끌끌 끌……."

늙다리는 입에 거품을 물고 헉헉대었습니다.

못자리에서는 어머니, 작은어머니, 작은아버지, 이웃집 아주머니, 그리고 동네 누나들이 모 위에 모춤 묶을 짚을 펼쳐 얹어 놓고 모판에 빙 둘러앉아 모

이모작 같은 땅에서 1년에 종류가 다른 농작물을 두 번 심어 거둠. 또는 그런 방식. 논에서는 보통 여름에 벼, 가을에 보리나 밀을 심어 가꾼다. 두그루부치기, 두그루심기, 그루갈이라고도 한다.

찌기를 합니다. 양동이를 엎거나 고무 대야를 놓고 앉아 모를 찌기도 하고, 그냥 논에 한 무릎을 대고 구부려 앉아 모를 찌기도 했습니다. 모의 밑동을 몇 포기씩 잡고 뿌리를 쏙쏙 뽑는 것이지요. 뽑은 모는 뿌리를 물에 일렁일렁 씻어 왼쪽 손에 모아 쥐고요. 이렇게 해서 큰 움큼이 되면 짚으로 묶는답니다. 이걸 '모춤' 또는 '못단'이라고 하지요.

"호철아, 니는 모춤 마카 논둑에 들어내라. 물이 빠져야 모 숨글 논에 갖다 넣제."

나는 철벙거리며 모춤을 논두렁으로 들어내었습니다. 논둑 풀밭에서 아기 개구리들이 폴짝폴짝 뛰다 못자리 논으로 풍풍 뛰어듭니다. 내 다리와 팔은 말할 것 없고 얼굴까지 논 흙투성이입니다.

그런데 한창 모를 찌던 누나가

"엄마야! 엄마야!"

이러며 후다닥 달아나는 겁니다. 쥐고 있던 모도 휙 내던지고요. 새끼손가락만큼이나 가느다란 아기 뱀 한 마리가 누나 바로 앞에 나타났다 모판 속으로 고볼랑고볼랑 달아나는 걸 보았기 때문이지요. 그 아기 뱀도 깜짝 놀라기는 마찬

모찌기 모를 내기 위하여 모판에서 모를 뽑는 일
모 숨글 모 심을

가지일 것입니다. 세상에 나와 무서운 사람을 처음 만났으니까요.

　"하하하하하……."

　"허허허허허……."

　"엄마, 나 모 몬 찌겠다. 난 몰라!"

　"꼴난 뱀 새끼 고거 갖꼬 와 그카노, 호호호……."

"인자 뱀 없다. 느거 작은아부지가 잡아갖꼬 저 바깥에 내삐맀다."

"거짓말하는 거 아이제?"

"그래. 뱀 지도 놀라자빠져가 똥쭐 빠지게 달아나기 바쁠 낀데……."

그래도 누나는 겁을 잔뜩 집어먹고 있었습니다.

모찌기를 어느 정도 했을 때쯤 막내 작은아버지는 물 빠진 모춤을 바지게에 얹어 졌습니다. 모 심을 논에 갖다 넣기 위해서지요.

"호철아, 니 내 따라 온나."

"예에."

"내가 모춤 지고 논 가운데로 가 서거등 니가 모춤을 하나씩 니라 가주고 논에 따문따문 던지 놔라. 알았제?"

나는 작은아버지 뒤따라 들어가 넓은 모내기 논 여기저기에 모춤을 휙휙 던졌습니다. 모춤은 아무렇게나 휙 던져도 철썩 제자릴 잡아 앉지요. 어쩌다 거꾸로 처박히면 작은아버지는

"호철아, 니 기술이 고거밖에 안 되나? 잘 던지 봐라."

이러며 슬쩍 핀잔을 줍니다. 모춤을 던지다 보면 짚 끈이 풀어져 모가 다 흐트러지기도 하지요. 내가 모춤 던지는 게 시원찮았는지 막내 작은아버지는 바지

내삐맀다 내버렸다.

게에 진 모춤을 모내기 논에 그대로 척 부려 놓고는 모춤을 휙휙 던졌습니다. 또 헌 가마니때기에다 새끼줄을 길게 달아 잡아끌며 모를 나르기도 했습니다. 가마니때기에다 모춤을 잔뜩 얹어 모 심을 논 저쪽에 끌고 가 드문드문 던져 놓지요.

이튿날, 모내기하는 날입니다. 오늘은 공부에 빠져 있던 고등학생 형까지 나왔습니다. 작은아버지 둘, 작은어머니 둘, 그리고 이웃집 아주머니와 누나들도 품앗이로 왔습니다. 모두 12명이 모내기를 하는 것이지요. 아버지는 모내기할 논 구석구석을 살펴보면서 삽으로 모 심기 좋도록 다듬었습니다. 형과 막내 작은아버지는 못줄을 대었습니다. 못줄에는 빨간 실로 20~25cm 정도의 간격으로 눈금 표시를 해 두었는데, 그 눈금 있는 곳에 모를 심지요. 논 이쪽에는 형, 반대쪽에는 막내 작은아버지가 서로 못줄을 늘여서 꼭 맞잡고 있습니다. 못줄 양쪽엔 말목을 매어 줄을 감았다 풀었다 할 수 있게 했고요. 못줄 맨 말목 한 쪽을 논에 푹 박아서 쥐고 있으면 못줄 대기가 한결 편하지요. 모 심는 사람들은 늘여진 못줄 앞에 간격 맞추어 늘어섭니다. 왼손에 모를 한 움큼씩 쥐고요.

모내기가 시작되었습니다. 먼저 왼손의 모를 오른손으로 4~5포기 떼내어, 못줄 눈금 있는 위치에 집게손가락과 가운뎃손가락을 뻗쳐 함께 폭 꽂습니다.

품앗이 힘든 일을 서로 거들어 주면서 품을 지고 갚고 하는 일

모를 너무 얕게 심으면 뿌리가 뜨고 너무 깊이 심으면 뿌리가 썩거나 땅내를 늦게 맡기 때문에 알맞은 깊이로 잘 심어야 하지요. 그래도 빨리 심는 사람은 모를 기계처럼 폭 폭 폭 꽂는 것 같습니다. 허리 굽힌 윗몸을 *끄떡끄떡* 하면서 왼쪽에서 오른쪽으로, 줄을 넘기면 다시 오른쪽에서 왼쪽으로 옮겨가며 모를 심습니다. 한 줄을 다 심으면 못줄 대는 한쪽에서 "자아!" 하고 소리치지요. 그러면 반대쪽에서도 "저어!" 소리치며 못줄을 넘깁니다. 모 심는 사람들은 못줄 넘길 때 잠시 폈던 허리를 굽혀 다시 모를 심지요.

한참 모 심다 보면 허리가 끊어지는 것 같습니다. 그러면 못줄 넘길 때 '휴우우!' 큰 숨을 내쉬기도 하고, 허리를 툭툭 치기도 하고, "아고고!" 앓는 소리를 내기도 하며 허리를 펴지요.

"낙도옹가아앙 강바아라아암이이이 치마폭을 스으치이며어언……."

뒷집 아주머니가 흥얼흥얼 노랫가락을 뽑았습니다. 엄청 지루한가 봅니다.

"호철아! 여게 모 없데이. 언능 모 갖꼬 오니라!"

나는 또 재빨리 모춤을 들고 철벙철벙 뛰어갔습니다.

"어허! 여게도 모 없데이. 언능 갖꼬 오니라! 못강새이는 뭐 한다꼬 이래 꾸

못강새이 못강아지. 강새이는 강아지를 일컫는 경상도 방언. 못강아지란 모 심는 사람이 모를 갖다 달라고 하면 재빠르게 갖다 주는 사람, 즉 주인 말을 잘 듣는 강아지처럼 모 심는 사람들이 모를 갖다 달라면 잘 갖다 주니까 못강새이라고 어여삐 이름을 붙여 불렀다.

물대노, 으이!"

"호호호호호, 호철이 불알 요롱소리 나겠네. 엉가이 닦달해라, 호호호……"

"억! 으흡퍼!"

나는 모춤을 들고 뛰어가다가 그만 논에 철퍼덕 엎어지고 말았습니다.

"하하하하하, 호철이 논물에 목간 잘한다."

"으아아! 내 옷 다 배렸네. 에에이 씨이!"

"하하하하하……"

"호호호호호……"

"허허허허허……"

그 바람에 또 모두 한바탕 웃으며 잠시 허리를 폈습니다.

"자아아! 못줄 넘어갑니데이!"

"어어이!"못줄잡이가 못줄을 너무 빨리 넘기고 말았습니다.

"아고고! 못줄 천처이 좀 넘가래이, 허리 뿌라지겠다!"

못줄을 너무 빨리 넘기면 허리도 제대로 펴지 못하지요.

꾸물꾸물 하다 속도를 못 맞추면 제 앞가림을 할 수 없기 때문입니다. 그래서 이렇게 불평을 터트리기도 하지요. 그런데 또 미처 자기 앞에 모를 다 심지도 못했는데 못줄을 번쩍 드는 바람에 목이 걸려버린 광수 어머니가

"아고오, 이 사람들아! 남의 목 띠겠다아! 못줄 넘기는 사람 좀 보소오!"

이렇게 소리쳤습니다. 뒤뜸 아주머니는 모 심다 말고 갑자기

"아고, 인자 오짐통 터지네에! 에라이 모리겠다!"

이러며 논 밖으로 성큼성큼 걸어 나갔습니다. 봇도랑 풀숲에 오줌 누러 가는 것이지요.

또 형이 한눈을 팔다 못줄을 너무 늦게 넘겼습니다. 그러니까

"어허! 못줄 대는 사람 어데 낮잠 자로 갔나 뭐하노, 으이!"

이랬습니다.

아! 그런데 못줄이 뚝 끊어져 버리네요.

"아고오, 이때 허리나 좀 피자. 못줄 대는 사람아, 자주 못줄 좀 끊어 묵어래이."

모심는 사람들은 못줄 이어 맬 때까지 모두 허리를 폈습니다.

"엄마야, 엄마야, 엄마야아!"

한창 모심던 수향이 누나가 소리소리 지르며 폴짝폴짝 뛰었습니다.

"와카노, 와카노, 으이?"

뒤뜸 아주머니가 깜짝 놀라 눈이 둥그레졌습니다. 안 그래도 다른 사람보다 큰 눈이 그만 황소 눈보다 더 커져버렸습니다.

"거, 거, 거머리! 엄마야, 나 몰라몰라. 엄마야아!"

"하이고, 거머리 갖꼬 호들갑 엉가이 떨어라잉. 함 보자. 어데 붙었노, 보자. 이노메 거머리. 겁도 없이 어데 달라드노!"

뒤뜸 아주머니는 수향이 누나 장딴지에 붙어 있는 거머리를 손바닥으로 사정없이 탁 때렸습니다.

"아얏! 아하앙, 아주매요. 일부러 더 쎄게 때렸제요."

"하하하⋯⋯. 그래. 니 밉어가주고 아주 탁 때맀뿠다 아이가, 하하하⋯⋯."

아주머니는 떨어진 거머리를 논 밖으로 휙 집어던졌습니다.

"아고오, 아파라. 흐흐흐흥, 아주매요."

"아하하하⋯⋯."

"어허허허⋯⋯."

"호호호⋯⋯.

참 때가 되었습니다. 어머니와 누나가 참 광주리를 머리에 이고 왔습니다. 시원한 국수입니다. 배고프던 터라 더욱 꿀맛이지요. 아버지와 작은아버지, 아주머니는 막걸리도 한 사발씩 마셨습니다.

　"어요, 상원띠기. 여 국시 많타. 더 무라. 배가 불러야 허리가 안 접치지. 어요, 더 무라."

　"하이고오, 너무 마이 무가 이래 아 뱄는 끝다 아이가. 배불러가 일 몬하마 우얄라꼬."

　"까짓 거 묵고 살라꼬 이카는데 묵고 싶은 대로 무야지."

　참 먹으며 잠시 숨 돌린 뒤 다시 모내기를 했습니다. 점심때가 다 되어도 아직 모내기할 논은 서 마지기도 더 남았습니다.

　다시 반나절이 지나자 어머니는 점심을 가지고 왔습니다. 모두 논머리에 둘러앉아 맛나게 점심을 먹었습니다. 날된장에 상추쌈과 풋고추, 열무김치만 해도 꿀맛이지요.

　어쨌든 모내기철은 이렇게 오줌 누고 아래 볼 사이 없이 바쁘답니다.

참 일을 하다가 잠시 쉬는 동안이나 끼니때가 되었을 때에 먹는 음식
상원띠기 상원댁. 남의 아내를 대접하여 이르는 말로 출신지에 '댁'을 붙여 부른다.

그냥 엄마, 엄마, 한번 불러보면

대답은 없고

문을 열면 역시

보자기로 덮어 놓은 밥상이 있다.

엄마는 날마다날마다 몸이 아파도

모 심으러 간다.

비가 와도 비닐을 쓰고 간다.

옷이 흠뻑 젖은 몸으로

피곤한 몸으로 집에 온다.

"엄마, 모 다 심었나?"

"아직 많이 남았다."

"엄마, 모 심지 마라."

"안 심으면 밥이 입에 더가나."

엄마는 힘없이

또 남의 모 심으로

집을 나선다.

(1989. 6. 9. 경산 부림초등 5학년 손보영의 시 '모내기와 엄마')

더가나 들어가나.

제때 모내기를 하려면 비가 와도 쉴 수가 없습니다. 비닐을 몸에 단단히 두르고 모내기를 합니다. 비닐을 둘러도 빗물이 스며들어 오슬오슬 춥지요.

"어요, 춥다. 뜨끈뜨끈한 갱죽 한 그릇 묵거로 언능 오소."

어머니가 참으로 갱죽을 끓여왔습니다. 비 오는 날 참으로는 이렇게 뜨끈뜨끈한 갱죽, 수제비나 누렁국수가 좋지요. 비 오는 날은 또 참 먹을 때도 편하게 앉지 못하고 엉거주춤 서서 먹을 수밖에 없습니다.

"아아따, 엉가이 떨리디 한 그릇 묵고 나이 속이 뜨뜻한 기 덜 떨리네."

지지난해던가? 모심기할 때쯤에는 가뭄이 몹시 들었습니다. 기다려도 기다려도 비 올 낌새라곤 보이지 않았습니다. 그러다 모내기할 때를 놓쳐버린 논도 많았지요. 웅덩이의 물을 퍼 대어 모내기를 해 보려고 해도 어림없었습니다. 저수지 물도 바닥이 났습니다. 겨우 찔찔 내려오는 물은 논에 대어 봐도 봇도랑에서 물이 들어오는 논 주위 손바닥만큼 겨우 적시다 말라버렸습니다. 그것도 서로 대려다 친하던 농사 이웃끼리 싸움이 붙어 서로 틀어져 버리기도 했고요. 가뭄으로 필요 없어진 모는 도랑가에 내버렸습니다. 뒤늦게야 비가 좀 오긴 했지만 때가 늦어 모내기 못한 논에는 조를 심기도 했습니다. 답답한 마음에 도랑가에 버렸던 모를 다시 주워 심는 집도 있었고요.

갱죽 밥에 시래기나 콩나물, 김치 따위 채소류를 넣고 멀겋게 끓인 죽

이렇게 해서 모내기는 모두 끝이 났습니다. 모내기가 끝나면 바로 논두렁콩을 심지요. 논두렁에 약 10cm 간격으로 구멍을 살짝살짝 뚫지요. 막대기를 뾰족하게 해서요. 그리고 그 속에 흰 콩알 2~3알을 넣고는 재나 쌀겨, 또는 보릿겨를 조금씩 집어넣으면 거기에서 콩이 자란답니다.

이제 모는 새 땅에 뿌리를 내리기 시작합니다.

여름 · 나락이 쑥쑥 잘 크네

❖ 가뭄 겪어도 모는 땅내를 잘 맡고

❖ 쑥쑥 자라는 나락, 땀 뻘뻘 흘리며 논매기하고

❖ 장마로 물에 잠겼던 나락, 배동이 되고

논물이 따뜻해서 그런지 논은 개구리밥으로 온통 뒤덮여 있습니다.
논 한 곳을 보다 보니 개구리밥을 홀딱 뒤집어쓴 개구리란 놈이
머리를 쏙 내밀고 툭 불거진 눈을 희번덕거리는 게 아닙니까.
"으잉? 좀마 봐라!"
내가 중얼거리는 말을 들었는지 개구리가 그만 쏙 들어가 버려요.

가뭄 겪어도 모는 땅내를 잘 맡고

"아아따! 인자 모가 땅내를 맡았는강 팔팔하이 생기가 도는 기 보기 좋더만."

아버지가 아침에 벼논을 한 바퀴 둘러보고 와 밥상을 받으며 한 말입니다. 환경 좋은 못자리에서 보호만 받으며 자라던 모가 갑자기 낯설고 거친 세상으로 내던져졌으니 얼마나 힘겨울까요. 그래서 처음엔 마치 병든 것처럼 시들시들하지요. 그런데 일주일쯤 지나니 언제 그랬느냐는 듯 파릇파릇 생기를 찾기 시작했습니다. 스스로 새 땅에 새 뿌리를 내려 양분을 빨아들이기 시작했기 때문이지요. 색깔도 연두색에서 초록색으로 변합니다. 이때부터는 이름도 '모'에서 '벼'로 바꿔 부른답니다. 어른들은 주로 '나락'이라 부르지요. 생기를 찾은 벼를 보니 가뭄 때 일이 떠오릅니다. 지난해 이맘때쯤 가뭄 때문에 힘들었던 일말이지요.

벼가 뿌리를 내리고 한창 생기가 도는데 그만 한 달 가까이 비가 오지 않았습니다. 길가의 풀도 새들새들해져 숨 끊어지기 직전입니다. 햇볕은 오늘도 정수리에 내리꽂습니다. 사람들은 자꾸만 한숨 쉬며 마른하늘을 바라보았습니다.

"아구우, 너무 가물어 큰일이구만."

"야야, 뒷동 논에는 물이 안 말랐는강?"

"와 안 말라요. 그 물 흔한 아랫들 상답 논도 바짝 말라가 나락 잎이 배배 꼬일라카는데……."

"철이 아부지요, 아랫들 서 마지기 논 있제요? 거기는 오늘 웅덩이 물 퍼서라도 좀 적사 보입시더. 그냥 놔두마 나락이 아주 말라가 안 되겠다."

"그래야 되겠구만. 천수답에는 논바닥이 쩍 갈라져가 지진 난 데도 많더만."

할머니, 어머니, 아버지가 아침 먹으며 주고받는 말입니다. 오랫동안 햇볕만 쨍쨍 내리쬐어서 달달 볶는다는 말이 맞는 것 같습니다. 그 물 많던 넉박골 저수지 물도 말라 바닥이 드러났고, 뒷동 못 바닥은 벌써부터 지진 난 것처럼 쩍 갈라졌습니다. 못에 살던 작은 고기나 올챙이는 말할 것 없고 개구리까지 모조리 말라 죽었고요. 우리들이 연꽃 꺾던 연동못은 군데군데 움푹 파인 곳에 고인 물밖에 없습니다. 사람들은 고기도 싹 쓸어 잡고 연뿌리 캔다고 못 바

천수답 천둥지기. 빗물에 의해서만 벼를 심어 재배할 수 있는 논. 천수답은 모내기철에 충분한 비가 오지 않으면 모내기가 늦어지기 때문에 늦심기가 되기 쉽고, 모를 낸 후에도 가뭄에 의한 피해가 있기 때문에 안정된 수확량을 기대하기 어렵다.

닥도 홀딱 파 뒤집어 놓았습니다.

아랫들 서 마지기 우리 논 구석 웅덩이엔 물이 많아 사시사철 철철 흘러넘쳤는데 이렇게 지독한 가뭄에는 어쩔 수가 없나 봅니다. 물 높이가 웅덩이 아래로 쑥 내려가 버렸습니다. 그래서 어머니와 아버지는 두레박으로 퍼서 마른 벼논을 적셨습니다. 한낮엔 물을 아무리 퍼 대도 논자리에 제대로 퍼지기 전에 언제 물푸기를 했냐는 듯 바로 말라 버려요. 날마다 내리쬐는 뙤약볕이 어지간해야지요. 한참 물 푸면 웅덩이 물도 바닥이 나요. 그래서 밤에 나가 물을 풀 때도 많습니다. 달빛 환한 들판 한쪽에서 어머니 아버지가 두레박 끈을 맞잡고 물 푸는 모습을 떠올리면 왠지 맘이 짠해지기도 합니다. 들판엔 밤낮없이 '통통통통통……' 물 푸는 양수기 소리도 요란합니다. 그렇지만 우리는 양수기로 풀 수가 없습니다. 퍼 댈 물도 없고, 양수기로 물 푸면 양수기 빌린 삯과 기름 값 대는 것도 쉽지 않고요.

읍내 옆 성산들로 구불텅구불텅 뻗은 넓은 강에 흐르던 물이 바짝 마른 지도 한참 되었습니다. 그래서 어른들은 말할 것 없고 고등학교 형들까지 삽으로 모래 강바닥 파는 일에 동원되었습니다. 강바닥 밑의 물을 모아 양수기로 논에 퍼 대려는 것이지요. 그런데 이제는 그 강바닥을 더욱 깊이 파도 물은 잘 나오지 않습니다.

"암만 물을 퍼 대도 논 가운데는 물이 안 닿는구면. 나락 이파리는 배배 꼬이고 말라비틀어질라 카는데……."

"그러마 물지게로 물 져다가 뿌리라도 좀 적사 보입시더."

"그래야 되겠네."

저녁 먹기 전에 아버지는 헛간에 두었던 물지게를 꺼내어 이리저리 살펴보고 양동이와 함께 바지게에 얹었습니다.

"하이고오, 하늘님도 사람을 아주 굼카직일라 카나 와 카노, 으이. 인자 지발 비 좀 니라 주시지. 엉가이 니라 주기 싫은 모냥이네."

저녁상 물린 할머니가 답답해서 하는 말입니다.

"그러게요. 날마다 물이 가뜩 실리가 있던 넉박골 못물도 다 말라가 쩔쩔 내리오는 물을 논에 서로 댈라꼬 카다가 큰 싸움이 났다 카네요. 딱박골에서도 싸움이 났다 카고요."

"나락 농사 못 지으마 마카 굶어 죽을 판인데 와 그 난리가 안 나겠노. 안골하고 딱박골 천수답에는 물이 너무 바짝 말라가 나락 이파리가 배배 꼬이다 못해 다 말라비틀어진 곳도 있다 카네."

"그래 바싹 마른 나락은 불지르마 활활 탈 낀데……. 지끔 비가 와도 마른 나락은 안 될 끼라. 메밀이라도 심을 수 있을라나 모리겠네요."

"그러게. 언제 한 해는 큰 가뭄 때문에 흉년 들어가 굶어 죽은 사람도 안 있었나."

식구대로 밤마다 쨀쨀 내려오는 물을 논에 대려고 물길 지키느라 생고생을 합니다. 밤에 다른 사람이 주인 몰래 물길을 틀어가기 때문이지요. 그러다 농사 이웃끼리 멱살잡이를 하며 대판 싸움이 벌어지지요.

초저녁에 물 푸러 간 어머니 아버지는 밤이 깊어도 집에 오지 않았습니다.

이튿날 아침입니다. 어머니 아버지는 어젯밤 언제쯤 집에 들어왔는지 모르겠습니다. 그런데도 아버지는 아침 일찍 벼논을 한 바퀴 둘러보고 돌아왔고, 어머니는 콩밭매기를 좀 하고 온 모양입니다. 누나는 부엌에서 아침밥을 푸고 있었습니다.

"명복이 있제. 마누라가 칠산띠기 아이가. 그 집은 밤에 아랫감태 재선영감네 웅덩이 물을 가마이 퍼갖꼬 수박밭에 주다가 영감한테 욕은욕은 다 얻어 묵었다카네."

"나락 논도 다 말랐는데 수박밭에 몰래 퍼다 주마 누가 안 카겠노."

"오다 보이까네 수박 덩굴이 몬 뻗어 나가고, 달린 수박도 지대로 몬 크고 삐틀어지고 그렇드만."

"수박이 동글동글 달리가 있는데 흙은 먼지만 풀풀 나이 사람이 와 환장을 안 하겠노."

비가 너무 안 오니까 마을에서는 기우제를 지냈습니다. 댕댕이산 꼭대기에서 기우제를 지내는 날 우리 할머니는 댕댕이산 쪽을 보고 두 손을 자꾸 비비며 중얼중얼 했습니다.

"댕대이산 신령님, 무신 일로 노했는지 모르겠십니다만, 우짜든동 노하신 거 다 풀고 비를 니라 주이소. 이 불쌍한 목숨 살려 주이소."

굽실굽실 절도 했습니다. 어른들 말로는 우리 마을 댕댕이산 꼭대기에는 할머니 형상을 한 바위를 세워 두었는데, 그 바위에 돼지 피를 묻혀 놓으면 하늘에서 피를 씻어 내리기 위해 비를 내린다고 했습니다. 그런데 비는커녕 더욱 가물기만 했습니다.

비는 농사짓는 사람 속을 거의 다 태우고 나서야 내렸습니다.

그래도 올해는 가뭄이 들지 않아 다행입니다.

"인자 나락이 한창 새끼를 치네. 그래 오늘 논에 물을 그득하이 대 놓았구만."

벼가 뿌리를 어지간히 내린 지 얼마 뒤 논에 갔다 온 아버지가 어머니에게 한 말입니다. 벼는 새 뿌리를 내린 뒤부터 자라면서 새끼치기를 하지요. 처음 심은 4~5포기 벼 밑동에서 새로 싹이 돋아나 수십 포기로 식구가 늘어나 자란다는 말입니다. 이때 벼는 물과 영양분을 엄청 많이 빨아들이기 때문에 논에 물을 그득하게 대어 주어야 합니다. 새끼가 일찍 나와 열매를 맺을 수 있는

기우제 하지(夏至, 양력 6월 21일경)가 지나도록 비가 오지 않을 때에 비 오기를 빌던 제사

것을 '참새끼', 늦게 나와 이삭을 만들지 못하는 것을 '헛새끼'라고 하지요.

"여보. 그러마 인자 웃거름 비료 좀 조야 되겠네요?"

"며칠 있다가 조야지. 그래야 새끼도 더 잘 치고 더 잘 자라제."

"인자 지발 웃거름 너무 마이 주지 마소."

"알았네."

"알았다 카미 또 마이 줄라꼬."

"알았다카이!"

어머니는 아버지에게 웃거름을 알맞게 주라고 몇 번이나 당부했습니다. 왜냐하면, 지지난해 일처럼 될까 걱정되어서지요. 그때 어머니 아버지가 말다툼하던 모습이 생생하게 떠오르네요.

"그거 보소. 내가 뭐라 캤노. 웃거름 마이 주마 안 된다꼬 그렇기 캐도 마이 주디 자알했네요."

"그기 어데 웃거름 때문에 그렇나?"

"웃거름 마이 조가 웃자라니까 나락이 약해빠지지요. 그래갖꼬 도열빙 든

웃거름 씨앗을 뿌린 뒤나 모종을 옮겨 심은 뒤에 농작물이 자라고 있는 중에 주는 거름. 추비라고도 한다.

도열빙 도열병. 벼 품종에 많이 생기는 병의 하나. 분생자로 감염되며, 보통 잎에 검은빛을 띤 갈색의 불규칙한 반점이 생기어 퍼지고, 마침내 잎 전체가 갈색이 되어 마르게 된다. 벼의 병해 중에서 가장 흔하고 저온 다습한 해에 많이 발생한다.

거 아이고 뭐 때민에 빙들어요? 도열빙 걸리니까 나락 알갱이가 거무틱틱하이 쭉디기밖에 없제요."

"그양 빙든 기지 웃거름 마이 조갖꼬 빙들었나!"

성질난 아버지는 아침 먹다 숟가락을 내던져 버리고 바지게를 지고는 사립문 밖으로 휭 나가버렸습니다. 그렇잖아도 아버지는 스스로 잘못해서 서 마지기 벼가 거의 반 쭉정이가 된 것에 속이 잔뜩 상해 있는데, 어머니에게 위로받기는커녕 핀잔까지 들으니 더 속상할 수밖에요.

오늘 아침 먹고는 또 아버지가 나를 불렀습니다.

"호철아, 오늘은 니도 아부지 좀 따라가자."

"예에?"

"니는 오늘 우리 논으로 물 들어오는 물매기 좀 지키야 되겠다."

"아고오! 나 혼차요?"

"니 말고 또 누가 있나."

"아부지예, 인철이 델꼬 가마 안 되겠습니꺼?"

"얼라를 델꼬 가가 칭얼대마 우짤라꼬."

"예에······."

나는 "예에······." 하고 대답은 했지만, 그 대답에는 맥이 빠져 있습니다. 동무들과 놀지도 못하고 혼자 오도카니 앉아 있어야 하니까요.

나는 아버지를 따라 아랫들 논으로 갔습니다. 논길을 걸으니 아기개구리들이 벼논으로 팔짝팔짝 뛰어듭니다.

"가마이 보고 있다가 누가 다른 데로 물매기 틀라카거등 말해라잉? 나는 나락에 거름 줄 테니께."

끈 달린 감망태에 복합비료를 퍼 담아 어깨에 멘 아버지는 벼논을 성큼성큼 다니며 비료를 한 움큼씩 쥐고는 이리 휙 저리 휙 뿌렸습니다. 이제 벼는 비료 거름기를 빨아먹고 쑥쑥 자라겠지요.

"호철아!"

저쪽에서 거름 뿌리던 아버지가 나를 불렀습니다.

"예에?"

"고마 니는 집에 가거라. 물매기는 아부지가 봐도 되겠다."

'으응? 무슨 말이고?'

"예?"

감망태 망태기. 망태. 꼴이나 농산물 따위를 담아 어깨에 메거나 등에 지고 나르는 연장. 결이 촘촘한 씨망태에는 볍씨 같은 걸 담고, 틈새가 넓은 종다래끼에는 콩이나 옥수수와 같이 굵은 씨앗을 담았다. 소에게 먹일 꼴을 담는 꼴망태, 산골에서 약초를 캐러 갈 때 메고 가는 주루막, 개똥이나 소똥을 담는 개똥망태, 들에 나갈 때 호미나 낫 같은 연장을 담는 연장망태, 시장에 갈 때 오늘날의 가방처럼 사용하는 저자망태 등 쓰임새에 따라 이름이 다양하다.

"고마 집에 가라꼬."

"아, 예! 예!"

나는 속으로 얼씨구나, 하며 한걸음에 집으로 달려왔습니다.

쑥쑥 자라는 나락, 땀 뻘뻘 흘리며 논매기하고

6월 중하순이 지나면서부터는 벼가 더욱 짙은 초록색으로 변하고 쑥쑥 자라기 시작합니다. 그런데 이때 벼만 잘 자라면 오죽 좋겠습니까만, 잡풀이 야단법석입니다. 하루만 지나도 안 보이던 잡풀이 "나 여깄지롱!" 하고 쏙 나와 있지요. 그대로 두면 이게 영양분을 다 빼앗아 먹어 벼가 제대로 자랄 수가 없겠지요. 피, 마디꽃, 물달개비, 올미, 올방개, 올챙이고랭이, 가래, 생이가래, 너도방동사니, 벗풀, 보풀, 사마귀풀, 가막사리, 쇠털골…… 우리나라 논에서 자라는 잡풀은 90가지도 훨씬 넘는다고 해요. 논에 떨어진 씨앗 가운데 싹이 터서 자라는 잡초는 0.8% 정도밖에 안된다고 하니 잡초는 언제든지 싹터서 자랄 준비가 되어 있는 셈이랍니다. 그러니 논매기를 하지 않으면 어떻게 되겠어요? 이때부터 논매기를 해야 합니다.

논매기는 벼가 다 자랄 때까지 세 번은 해야 하는데, 그 첫 번째 논매기를 '애벌매기' 또는 '아이매기'라 합니다. 애벌매기는 주로 호미로 하지요. 애벌매기를 하고 얼마 지난 뒤 '두벌매기'를 하고, 두벌매기를 하고 또 얼마 뒤 '세벌매기', 말하자면 마지막 김매기를 하는데, 이를 '만물'이라고 한답니다. 그렇게 논매기 끝내는 걸 '호미씻이'라고 하고요. 세벌매기는 늦어도 8월 중순까지는 마쳐야 한답니다. 두벌매기, 세벌매기는 주로 손으로 논 진흙을 휘젓고 파 뒤집으며 잡풀은 뽑아 진흙 속에 쿡 처박아 넣지요. 그렇게 하면 잡풀은 잘 자라지 못하지만 벼 뿌리는 숨쉬기도 좋아지고 더욱 잘 뻗어나갈 수 있답니다.

"철아, 이따가 낮에 참 갖고 넉박골 논에 온나라잉. 니 누부가 참 챙기 줄라꼬 캤다."

어머니가 아버지와 넉박골 벼논에 두벌논매기 하러 가면서 하는 말입니다. 반나절쯤 되자 누나가 나보고 어머니 아버지에게 참을 갖다 주라고 했습니다. 한 손엔 막걸리 주전자, 다른 한 손엔 삶은 감자 그릇을 보자기에 싸 들고 집을 나섰습니다. 마을을 벗어나 들길로 접어드니까 땀이 삐질삐질 나고 목이 바짝 타요. 목이 타니까 아버지 드릴 막걸리 술을 한 모금 마시고 싶은 마음이 목까지 차올랐습니다.

'한 모금만 마시까? 에이 참자. 아, 목마르다!'

그러고 보니 작년 여름인가? 아버지 참 가지고 가던 때가 생각납니다.

나는 막걸리 주전자 주둥이를 입에 대고는 한 모금 홀짝 마셔 보았습니다. 시큼 쌉쌀한 이상한 맛에 얼굴이 잔뜩 찌푸려졌습니다.

'한 모금만 더 마시까? 안 돼! 에이, 딱 한 모금만……'

다시 한 모금을 더 마셨습니다.

"크으의! 근데 맛이 뭐 이렇노? 으으, 이상하네."

이러면서도 또 한 모금을 꼴깍 마셨지요. 몇 번을 그렇게 들이켰는지 모르겠습니다. 가다 보니 어질어질해요. 고개를 절레절레 흔들어도 마찬가집니다. 어찌어찌 해서 아버지에게 갔다 다시 집까지 돌아오긴 했는데 그 다음은 어떻게 되었는지 잘 모르겠습니다.

"소 믹일 때가 다 됐는데 호철이 이늠 자슥은 어데 가가주고 안죽도 집에 안 들어오고 있노, 으이."

"아까 저거 아부지 참 갖다 주로 갔다가 집에 왔는 거 겉은데 어데로 놀러 갔는지 안 오네예."

"지 누부한테 함 물어 봐라, 혹시나 알랑강."

"지 누부는 홀치기 하로 저 웃마 지 친구 집에 가고 없는데예."

할머니와 어머니가 그렇게 나를 찾고 있을 때 나는 마침 작은방에서 부스스 일어나 나왔습니다. 나를 본 어머니가 할머니보고 소리쳤습니다.

"어무이예, 철이 작은방에서 나오네예. 이때꺼정 작은방에서 낮잠 잤는 갑네."

비실거리며 작은방에서 나오는 내 옆으로 할머니가 다가왔습니다. 그런데 갑자기 할머니가

"어데서 술 냄새가 이래 나노? 호철이한테서 나는 거 겉은데?"

하면서 내 얼굴 가까이 코를 대고 '흠흠' 냄새를 맡는 겁니다.

"예에? 철이한테서예?"

어머니도 깜짝 놀라 내 가까이에 와 냄새를 맡았습니다. 그리고는 소리쳤습니다.

"어무이! 맞는 갑네예. 철이 니 술 묵었드나?"

"아이다."

"아이긴 뭐가 아이고, 이늠 자슥. 저거 아부지 참 갖다 주라 캤디 그거를 마시는 갑네. 전에도 한번 그래가 난리 났는데 또 그라네."

"에미야. 호철이 더 재워라. 안되겠다. 소는 내가 저 갱빈에 끌고 가 풀 좀 뜯기고 와야겠다. 이늠 자슥이 목마르다꼬 홀짝홀짝 마시는 갑네. 쯧쯧 쯧⋯⋯."

나는 다시 작은방에 들어가 푹 자고 나서야 완전히 깨어났습니다.

논에 가니 다랑논 저쪽 구석에 어머니 아버지의 등이 보였습니다.

"엄마! 아부지!"

"⋯⋯."

"엄마아! 아부지이!"

어머니가 엉거주춤 허리를 폈습니다.

"오야. 철이 왔나? 저쪽 논두렁으로 오니라."

아버지는 허리를 펴도 등이 구부정했습니다.

"논두렁 콩 안 밟게 조심해라잉."

아버지가 주의를 주었는데도 나는 논두렁 가운데쯤 오다 기우뚱했습니다. 그러니까 아버지는 다시

"어허, 저 봐라. 저느마가 또 덤벙대네. 논두렁콩 안 밟았나?"

이러며 혀를 끌끌 찼습니다. 한창 나풀나풀 자라고 있는 콩 포기를 살짝 밟기는 했지만 시치미를 뚝 떼었습니다.

"개안아예. 콩은 안 밟았는데예."

논두렁에 걸터앉아 있는 어머니 아버지의 까만 얼굴, 피로가 쌓여선지 더욱 부석부석합니다. 요즘, 뜨거운 한더위에 날마다 벼 잎 끝에 얼굴 찔려가며 논매기를 했으니 그럴 수밖에요. 아버지 어머니 얼굴엔 또 군데군데 찍어 바른 듯 논흙이 묻어 있습니다. 아버지는 어머니가 따라주는 막걸리를 꿀꺽꿀꺽 들이키고는 손등으로 입을 슥 닦았습니다. 그리고 손으로 김치 한 점을 집어 입에 넣고 우걱우걱 씹어 먹었습니다. 어머니는 아버지가 조금 따라 주는 술을 두어 모금 마시고는 얼굴을 잔뜩 찌푸렸습니다. 어머니 아버지는 감자도 먹었습니다.

"철아, 저쪽 논 구석 참새미 있제? 거 가가주고 씨원한 물 좀 떠오니라."

넉박골 우리 논 구석 조그만 샘에서는 언제나 맑고 아주 찬 물이 퐁퐁 솟구치고 있습니다. 그릇으로 떠 한 모금 꿀꺽 마셔 보았습니다. 입이 얼얼할 정도로 시원한 물. 조심조심 주전자에 퍼 담아 어머니 아버지에게 갖다 주었습니다. 아버지는 막걸리를 마셔 물은 좀 이따가 마신다고 했습니다. 어머니는 물 주전자 주둥이를 바로 입에 대고 물을 벌컥벌컥 들이켰습니다.

"아따, 씨원하네! 물이 젤이다."

어머니는 다시 물을 한 모금 더 마셨습니다.

"엄마, 내도 논 함 매보까?"

"으잉? 철이 니가 논을 매겠나?"

"내도 할 수 있다."

"그러마 함 매봐라."

나는 신발을 벗고 조심스럽게 벼논에 들어섰습니다. 논물은 햇볕에 데워져 그런지 그렇게 시원하진 않았지만, 진흙이 발에 닿으니까 간질간질한 게 기분이 묘했습니다. 나는 아버지가 논매는 모습을 흉내 내었지요. 손가락으로 논흙을 파 뒤집고 휘저으며 잡히는 풀은 모아 논흙에 꾹꾹 처박아 넣었습니다.

"아따, 호철이 논 잘 매네."

아버지가 하는 칭찬은 내가 정말 논을 잘 매어서 하는 칭찬인지 그냥 건성으로 하는 칭찬인지 잘 모르겠습니다. 그런데 나는 잠깐 동안 하는데도 허리가 부러지는 것 같아 자꾸만 윗몸을 일으켰습니다. 거기다 벼 잎 끝이 얼굴을 콕콕 찔러 따끔거리기도 하고 까슬까슬한 벼 잎에 비비댄 팔다리가 따갑기도 했습니다.

"어어!"

논에 푹 빠진 오른쪽 발을 빼내다 기우뚱하는 바람에 그만 벼 포기를 밟고 말았습니다.

"이느마야, 조심 좀 해라."

아버지가 주의를 주었습니다.

잠시 쉬었던 어머니 아버지는 다시 논매기를 시작했습니다. 논물이 따뜻해서 그런지 논은 개구리밥으로 온통 뒤덮여 있습니다. 논 한 곳을 보다 보니 개구리밥을 홀딱 뒤집어쓴 개구리란 놈이 머리를 쏙 내밀고 툭 불거진 눈을 희번덕거리는 게 아닙니까.

"으잉? 좀마 봐라!"

내가 중얼거리는 말을 들었는지 개구리가 그만 쏙 들어가 버려요.

물이 고인 논 구석 작은 웅덩이나 논도랑, 그리고 논에는 올챙이와 개구리, 미꾸라지, 민물새우, 논고둥, 물방개, 소금쟁이, 물매암이, 물땅땅이, 물장군, 소금쟁이, 게아재비, 논지렁이, 거머리를 비롯해 온갖 물속 작은 동물들이 살고 있지요. 또 벼 잎이나 줄기엔 청개구리, 무당벌레, 사마귀, 메뚜기, 거미,

벼멸구, 끝동매미충 같은 온갖 곤충이나 벌레들이 벼 잎을 갉아 먹거나 다른 먹이를 잡아먹으며 살고 있기도 합니다. 벼 즙을 빨아먹는 벼멸구나 끝동매미충 같은 벌레는 해충이라 하고, 진딧물을 잡아먹는 무당벌레, 그 밖의 해로운 벌레를 잡아먹는 청개구리, 사마귀, 거미 같은 곤충은 이로운 곤충이라 하지요. 메뚜기는 벼 잎을 갉아 먹으니까 해충이라 할 수 있지만 가을에는 잡아

서 반찬 만들어 먹을 수 있으니 그때만은 해로운 곤충이라 말하기는 좀 그러네요. 아침 햇살 퍼질 때쯤 벼논을 보면 거미줄이 벼 포기 사이에 수없이 하얗게 얽혀 있는 것을 쉽게 볼 수 있지요? 그건 거미들이 벼멸구나 나방 같은 곤충들을 잡아먹기 위해 쳐 놓은 덫이랍니다.

벼논 위에는 잠자리나 제비도 낮게 날고 있는 모습을 볼 수 있습니다. 벼논의 벌레들을 잡아먹기 위해서지요. 논에는 뱀도 개구리 사냥하기 위해 혀를 너불대며 스르르 나타나지요.

들판 저쪽에서 뜸부기가 웁니다.

"뜸 뜸 뜸 뜸북, 뜸 뜸 뜸 뜸북……."

하얀 백로는 논에 성큼성큼 걸어가다 물 곤충을 잡아먹는지, 미꾸라지나 우렁이, 올챙이나 개구리, 곤충들을 잡아먹는지 이따금 한 번씩 논을 쿡 쪼고는 목을 한껏 치켜들기도 합니다. 그 밖에 논병아리나 원앙새 같은 날짐승들도 자주 논으로 날아들지요.

나는 논 구석 쪽에서 논매기를 했습니다. 아버지는 발을 한 번씩 옮겨놓을 때마다 '끙' 소리를 내었습니다. 손에 잡히는 풀을 둘둘 말아 벼논에 놓고 발로 꾹 밟을 때도 '끙' 하고요. 그렇게 한참 엎드려 논매다 한 번씩 허리를 폈습니다. 까맣고 부석부석한 어머니 아버지 얼굴, 더구나 땀에 젖은 그 얼굴을 볼 때마다 내 맘이 짠해 오곤 하지요.

점심때가 가까워져 아버지만 남겨 놓고 어머니와 난 집으로 돌아왔습니다. 나는 오후 소먹이 하러 가야하고, 어머니는 아버지 점심을 가지고 다시 나와야 하기 때문이지요.

세벌논매기 때 더욱 힘든 점은 시퍼렇게 날 세운 벼 잎 끝이 얼굴을 꼭꼭 찌르기 때문이지요.

"호철아, 오늘 아랫들 논매기하는 데 좀 오니라. 올 때 버들가지도 꺾어 오고."

"예에?"

"아랫들 논매는데 쇠파래이 쫓그로 좀 오니라."

"아이참, 내 어데 가야 되는데예."

"가기는 어데 가노. 오늘은 안 된다!"

광수, 복이, 정수, 봉식이하고 물놀이 갈 약속을 했기 때문에 떼를 써보려고 했지만 "오늘은 안 된다!" 이렇게 못 박아 버리니까 더는 입을 열 수가 없었습니다.

쇠파래이 쇠파리. 몸길이 15mm 가량이고 몸빛은 황갈색이며, 온몸에 검은 털이 밀생하고, 드문드문 황백색의 털이 있다. 소나 말의 살갗을 파고들어 피를 빨아 먹으며, 알을 낳아 유충은 그 피하조직에서 기생하여, 큰 상처를 내다가 땅 속에서 번데기가 된다. 아시아·유럽·북아메리카 등지에 분포한다. 소·말·사람·쥐·순록 등에 기생하는 해충임.

아랫들 우리 벼논에 가니 이웃집 광수 아버지와 뒷골목 정수 아버지, 또 다른 두 분과 아버지를 더해서 모두 다섯 명이 논매기를 하고 있었습니다. 밀짚모자를 쓰고, 웃옷은 아예 벌겋게 벗어버리고 중우바지 허리끈에 버들가지 몇 가지를 꽂아 등 그늘을 지우고요.

"호철이 왔나? 그래, 잘 왔다. 언능 쇠파래이 좀 쫓아라. 당최 이늠 쇠파래이가 죽자꼬 달라붙어 애를 믹이네."

광수 아버지가 나보고 한 말입니다.

"그래. 언능 논에 들어오니라."

아버지도 재촉했습니다.

"어허, 이느무 거머리가 또 내 피 다 빨아묵네."

정수 아버지는 장딴지에 붙어 있는 거머리를 손바닥으로 탁 때려 떨어뜨렸습니다. 거머리가 달라붙었던 자리에선 또 피가 찌르르 흘러내렸습니다.

나는 꺾어온 버들가지를 들고 이리저리 다니며 논매는 어른들 등에 달라붙는 쇠파리를 쫓았습니다. 어른들은 '끙' 않는 소리를 내면서도 노래를 흥얼거리기도 하고 두런두런 이야기도 하며 논을 매었습니다.

그런데, 아버지가 벼 포기를 쑥 뽑더니 논 밖으로 휙 내던지는 게 아닙니까.

'으응? 나락은 와 뽑아 내삐리노? 아, 참! 나락이 아니고 피지.'

모판에서 눈에 불을 키고 파사리를 했는데도 용케 살아남아 있던 피가 자라서 모에 딸려 나온 것입니다. 들판 저쪽 논에서는 두 사람이 논매는 기계를 밀며 벼논을 성큼성큼 왔다 갔다 합니다.

한창 논매기를 하고 있는데 어머니가 참을 가지고 왔습니다.

"자아, 참 묵고 합시데이!"

아버지가 소리 지르자 모두 논가 버드나무 그늘 밑에 모여 앉았습니다. 그런데 아버지는 손가락에 끼고 있던 무엇을 빼내었습니다.

"아부지요. 손가락에서 빼낸 거 있제요? 그기 뭔데요?"

"논맬 때 손가락 안 아프라꼬 끼는 기지."

보니까 대나무를 자르고 깎아 손가락 끝에 골무처럼 끼도록 되어 있었습니다. 한쪽은 조금 뾰족하게 되어 있지요. 정수 아버지 것은 양철로 만든 것입니다.

어머니는 대접에 국수사리를 담아 시원한 멸치 국물을 붓고 양념장을 한 숟가락씩 푹 놓아 주었습니다. 모두 후루룩후루룩 맛나게 먹었습니다. 어머니는 또 사발 잔에 막걸리도 그득 따라 주었습니다.

"민국이, 민국이 보게!"

아버지가 우리 논 옆길 건너편 논에서 혼자 논매는 성태 아버지를 불렀습니다.

"이리 오게. 좀 쉬 가지고 하게."

"으잉? 으응, 그러세나."

성태 아버지는 봇도랑에서 손발을 대충 씻고 왔습니다.

"아따, 혼차 하이 당최 일이 안 줄어드는구만."

"그렇제? 그러이 놀아도 같이 놀고 일을 해도 같이 하고 묵는 거도 같이 무야 되는 기라."

"하모. 맞는 말이제."

참을 다 먹고 잠깐 앉아 쉬었습니다. 광수 아버지 말고는 모두 담배에 불을 붙여 쭉 빨아들였던 연기를 푸우 내뿜었습니다. 연기가 하늘로 스르르 사라집니다.

"아따, 인자 배가 벌떡 일어나네."

"논매기는 너무 배고프마 뱃가죽이 접치가 몬 해."

잠깐 쉰 어른들은 다시 논매기를 했습니다.

지금, 논매기 틈틈이 콩밭이나 고추밭의 잡풀도 매야 하고, 어린 배추 무밭, 한창 덩굴 나가는 고구마밭 잡풀도 매야 합니다. 이놈의 잡초는 돌아서면 어느새 누가 반기기라도 하는 듯 우묵하게 올라와 저희들끼리 좋다고 잔치판을 벌려요.

아버지는 논매기 틈틈이 논두렁 풀을 깎아 주었습니다. 세벌논매기를 하고는 두 번째 우거진 논두렁 풀을 깎아 주고 있지요. 풀이 자란 걸 그대로 두면 사람이 다니기 불편하기도 하고 논 뒤쪽 벼가 자라는 데 방해가 되기도 합니다. 또 논에 풀 씨앗이 떨어질 수도 있고 해충이 알 낳고 번식하기 좋은 터전이 되기도 하지요.

장마로 물에 잠겼던 나락, 배동이 되고

8월. 벼는 누가 쑥쑥 잡아당긴 듯이 자랍니다. 벼 잎이 하늘을 찌릅니다. 이때는 물이 더욱 많이 필요하지요. 그런데 날이 또 가뭅니다. 못물이 거의 바닥을 보이고 천수답에는 벌써 잎이 배배 꼬이기도 했습니다. 두레박으로 웅덩이 물을 퍼 대기도 하고 발동기로 물을 퍼 대기도 했습니다. 하지만 더는 가물지 않고 비가 와 큰 다행입니다.

그런데, 이젠 비가 너무 많이 와 탈입니다. 벌써 며칠째 그칠 줄 모르고 줄줄 내렸습니다. 졸졸 흘러가던 개울물도 흙탕물이 되어 콸콸 내려가고, 봇도랑 물도 넘쳐 논으로 마구 밀려들어오고 있습니다. 지금까지 아버지는 날마다 벼논을 한 바퀴씩 돌아보며 물꼬를 살폈습니다. 땅강아지나 두더지, 들쥐가 논두렁에 구멍 내어 놓은 곳은 없는지 살피기도 하고, 벼가 병들지나 않았는지 꼼꼼히 살피기도 했습니다. 하지만 비가 이렇게 많이 내리니 물 넘치는 건 어떻게 할 방법이 없습니다.

"아고오, 이느무 비는 그칠 기미가 안 보이네. 아랫들 논에는 봇도랑 물이 들이치갖꼬 우리 나락이 물에 홀딱 잠겼는데……. 연동못 밑에 있는 논은 나락 끝이 보일랑 말랑 할만치 물에 잠기서 비가 빨리 안 그치마 나락이 녹아내리 앉을 낀데 큰일이네."

아랫들 벼논을 둘러보고 와 점심 먹던 아버지가 한 말입니다. 어머니도 걱정이 큽니다.

"여보, 넉박골에 땅강새이가 논두렁을 후비팠다 카디 괜찮을랑강 걱정이네요."

"안 그래도 지끔 가볼라꼬 카네."

점심 드신 아버지는 도롱이 두르고, 삿갓 쓰고, 삽 들고 사립문을 나섰습니다. 장맛비는 끊임없이 추절추절 내립니다. 감나무 밑에는 나뭇가지, 감나무잎, 밤톨만한 감이 즐비하게 떨어져 있습니다. 우리 마을 가운데로 뻗어 있는 큰 도랑에는 흙탕물이 곧 마을을 덮칠 듯 콰르르 콸콸 무섭게 내려가고 있습니다. 할머니는 여러 해 전 큰물 졌을 때는 도랑물이 우리 집 마당까지 푹 파가서 잘못되었으면 우리 집도 떠내려갈 뻔했다고 말했습니다.

땅강새이 땅강아지. 몸길이는 2.9~3.1cm이며, 노란 갈색이나 검은 갈색이고 온몸에 짧고 연한 털이 촘촘히 나 있다. 날개는 짧으나 잘 날며 앞다리는 땅을 파기에 알맞게 되어 있다. 벌레를 잡아먹거나 농작물의 뿌리와 싹을 갉아 먹는다.

도롱이 짚이나 띠 따위로 엮어 허리나 어깨에 걸쳐 두르는 재래식 비옷. 예전에 주로 농촌에서 일할 때 비가 오면 사용하던 것으로 안쪽은 엮고 겉은 줄거리로 드리워 끝이 너털너털하게 만든다.

저녁 무렵, 들에 나갔던 아버지가 돌아왔습니다.

"어허, 큰일이네! 넉박골 논두렁이 시 군데나 내리앉아가 나락을 다 씨러 덮었네. 대강 막아놓기는 했는데 물이 엉가이 마이 내리와야제."

"논두렁이 더 내리 앉으마 우야꼬."

"하늘이 하는 일을 우짜겠노. 그란데 철희네하고 수봉이네하고는 싸움이 붙었어. 철희네가 논물을 자꾸 수봉이네 논으로 막 니라가지고 수봉이네 논두렁이 터졌거덩. 봇도랑에도 물이 넘쳐대니께 철희네 논물이 안 빠져. 그러니께 수봉이네 논 쪽으로 물을 안 뺄 수도 없어. 거 참."

"가물어도 싸우고 물이 많아도 싸우네."

비는 애간장을 어지간히 태우고 나서야 그쳤습니다.

"오늘 당장 아랫들 논에 쓰러진 나락 일카 세워야 하니께 마카 나가자. 오늘 지나마 나락 몬 일난다."

봇도랑 물이 넘칠 때 둑까지 터져 흙이 논을 쓸어 덮기도 했습니다. 그래서 우리 집 안마당보다 더 넓게 벼가 묻혔지요. 잔자갈이 덮친 곳도 있습니다. 그런 벼를 그냥 두면 제대로 일어서지도 못하고 썩고 말지요. 할머니까지 아랫들 벼논에 나갔습니다. 쓰러진 벼 포기를 하나하나 일으켜 세워 네 포기씩 모아 볏짚으로 묶었습니다. 흙에 덮인 벼는 흙을 파내면서 세웠고요. 다 세우는 데는 한나절이나 걸렸습니다. 안골 벼논은 다행스럽게도 피해가 거의 없었습니다.

점심 먹고는 넉박골로 갔습니다. 다랑논 군데군데 논둑이 무너져 내리고 논도 웅덩이처럼 움푹 파이기까지 했습니다. 흙이 쓸어 덮은 벼를 일으켜 세우기도 해야 하지만 무너진 논둑이 더 큰 문제입니다. 먼저, 무너진 논 둘레에 둑을 만들어 물이 아래 논으로 내려가지 못하도록 하고 무너진 둑을 대충 수습했습니다. 벼도 일으켜 세웠고요.

이제 넘치던 빗물도 어지간히 빠지고 벼도 생기를 찾았는데 아랫들 논에 갔다 온 아버지는 또 큰 걱정을 했습니다.

"어허, 또 클 났네!"

"무슨 큰일요?"

"도열빙이 생깄네! 농약 안 칠라꼬 캤디 올해는 한 번이라도 안 치고는 안 되겠구만. 멸구가 나락을 막 빨아 무도 약을 안 쳤는데 도열빙은 방법이 없으이 우짜겠노."

장마 진 뒤에는 벼가 몹시 약해져 병에 걸리기가 쉽지요.

아버지는 읍내에 가 도열병 약을 사왔습니다. 물이 한 말 이상 들어가는 분

멸구 멸굿과의 곤충. 몸의 길이는 2mm 정도이고 몸의 색깔은 녹색이며, 배와 다리는 누런 백색이다. 긴 마디가 있는 주둥이가 있고 홑눈은 겹눈 밑에 있으며 보통 두 개이다. 성충, 애벌레 모두 농작물의 해충이다.

무기를 어깨에 짊어지고 약을 쳤습니다. 그런데 약치고 집에 돌아온 아버지가 머리 아프다면서 스르르 누워 버렸습니다. 어머니는 깜짝 놀랐습니다.

"철이 아부지! 와 그라요?"

"으응? 잘 모리겠네. 머리가 핑 내둘리는 기 어지랍고 속도 매스껍네."

"약 처갖꼬 그런 갑네. 입마개 하라 카이 답답하다꼬 안 하디 큰일 내겠다, 큰일을!"

"개안타. 좀 쉬마 개안아질 끼다."

"개안키는 뭐가 개안아요! 섬뜸 구암 양반 죽다가 살아난 거 몰라요?"

섬뜸 구암 양반은 정태 아버지입니다. 정태 아버지는 며칠 전에 약치다 쓰러져 차에 실려 병원까지 갔다고 했습니다. 이웃 마을에는 약치다가 목숨까지 잃은 사람도 있다 하고요.

"잘몬 하다가는 사람 잡겠네. 고마 놔두제 뭐 할라꼬 약은 친다꼬 캐쌓노, 으이!"

할머니도 크게 걱정했습니다.

그렇게 위험한데도 우리 아버지는 마스크도 쓰지 않고 짧은 옷 입고 약을 쳤다고 했습니다. 저녁 무렵쯤에는 괜찮아지긴 했지만 정말 큰일 날 뻔했습니다.

얼마간 벼논 일은 별로 없었습니다. 물만 넉넉하게 대어 주고 논두렁 풀이나 깨끗이 깎아 주었습니다. 그렇지만 다른 일들은 많이 있지요. 논 한쪽에 있는 거름무더기를 뒤집는 것입니다. 두엄, 풋거름, 보릿짚에다 똥물까지 퍼부어 잘 썩힌 거름이이지요. 여름내 두어 번은 뒤집어 주어야 더 잘 썩는답니다. 가을보리갈이 할 논에 뿌릴 거름이지요. 또 겨울에 소에게 먹일 풀도 베어 말려야 합니다. 그리고 가을걷이 할 때 땔나무도 해 놓아야 합니다. 그동안 지난 겨울에 해 놓았던 나무는 거의 다 때었거든요. 산에서 나뭇가지나 풀을 베어 말려서 땔나무로 쓴답니다.

바람이 벼논 위를 쓸어 가면 벼는 사르르 누웠다 일어납니다. 밤이면 벼논에선 개구리가, 풀숲에선 귀뚜라미와 이름 모를 풀벌레가 합창을 합니다. 벼논이나 풀숲의 개똥벌레도 '나 잡아봐라.' 하듯 선을 그으며 이리저리 날아다니고요.

찌는 듯한 삼복더위가 지나는 8월 중하순을 지나서면서 벼 대궁이 배가 불러오기 시작했습니다. '배동'이 시작된 것이지요. 벼가 배동이 설 무렵을 '배동바지'라고 합니다. 이때는 벼논에 함부로 들어가서는 안 된답니다. 뿌리가 상하면 이삭이 잘 생기지 않기 때문이지요. 8월 끝 무렵부터는 벼 이삭이 패기 시작했습니다. 벼 이삭에 깨알 같이 노란 것 같기도 하고 하얀 것 같기도 한 꽃이 예쁘게 피었습니다.

벼 낟알 연초록 껍질이 반으로 벌어지면서 노란 수술이 피어오르고, 그 수술에서 속에 들어 있는 암술에 꽃가루가 떨어져 수분이 되면 닷새 동안 벌어졌던 껍질이 닫히지요. 그리고는 그 벼 알 속에서는 끈적끈적한 하얀 물 같은 것, '배젖'이 생깁니다. 이것이 차츰 볼록해지고 단단해져 낟알 벼가 되는 것이지요.

"아고오, 나락 팰 때는 이래 계속 날이 좋아야 될 낀데⋯⋯."

"언제더라? 그 해는 비 오고, 날도 참 엉가이 안 좋았제. 그래 나락이 반 쭉디기가 많아갖꼬 소출도 영 형핀 안 없었나."

"그러게. 태풍도 안 오고 고이 지나가마 얼매나 좋겠노."

- -

배동 이삭이 패려고 대가 불룩해지는 현상

"해마다 두세 번 넘게 오는 태풍이 올해라꼬 안 오겠어요? 날이 멀었는데……. 그렇거나 말거나 곱게 지나가기라도 하마 좋제."

어머니 아버지, 할머니가 저녁 먹은 뒤 태풍 걱정을 하며 주고받는 말입니다.

이렇게 또 벼가 한껏 자라는 무더운 여름도 지나갑니다. 어느새 무더위가 한풀 꺾이는 듯하고요.

가을 · 나락 타작하세!

❖ 태풍 이겨낸 나락, 노릇노릇 익기 시작하고

❖ 나락 논 도구 치고, 타작마당 바르고

❖ 누렇게 잘 익은 벼 베고

❖ 늦가을 비 걱정, 벼를 잘 말려 거두고

❖ 와랑와랑와랑, 타작하고

"아부지예, 허수아비 눈하고, 입하고, 코는 내가 그리까예?"

"함 그리 봐라. 참새가 겁나가지고 근처도 몬 날아오그로 그릴 수 있겠나?"

"아부지예, 내가 그랬다카마 무섭어갖꼬 참새가 똥쭐 빠지게 달아날 낍니더. 함 보이소."

나는 부엌 아궁이에서 검정 숯을 가져와 눈썹은 브이 자로, 눈알은 곧 툭 튀어나올 것 같이,

입은 양쪽 꼬리가 처지게, 코는 삐뚜름하게 해서 사천왕보다 더 무섭게 그렸습니다.

"허허, 호철이 니 솜씨가 보통 아이네. 허허허……."

태풍 이겨낸 나락, 노릇노릇 익기 시작하고

9월 들면서 벌써 아침저녁엔 공기가 많이 달라졌습니다. 낮에 뙤약볕 아래서 일하면 여전히 무덥긴 해도 그늘에 들어와 한참 쉬면 땀이 조금씩 식을 정도가 되었다는 말입니다. 열매는 한껏 살이 올라 토실토실합니다. 들풀도 아주 짙은 초록색 고개를 넘어서고요. 산에는 여름부터 핀 솔체꽃이 고운 보랏빛을 쏟아내고 있습니다. 내가 아주 좋아하는 꽃이랍니다. 이때부터 벼 알갱이도 제법 탱글탱글해지기 시작합니다. 9월 중순이 지나면서는 노릇노릇해지고 고개를 숙이기 시작하고요. 벼는 익을수록 고개를 숙인다고 하잖아요? 살랑살랑 바람이 불면 '사락사락 사라락' 벼들끼리 부비는 소리에 마음이 더욱 가벼워지는 것 같습니다.

그런데, 아! 아니나 다를까. 태풍이 오고야 말았습니다. 올해 우리나라에 온 태풍은 좀 가벼운 태풍이었지만, 횟수로는 세 번째입니다. 두 번은 비바람이 좀 몰아치긴 했지만 일찍 와서 벼가 그렇게 쓰러지진 않았습니다. 그런데 추석 얼마 전에 온 태풍은 엄청 세었습니다. 비는 그렇게 많이 오지 않았는데 센 바람에 우리 집 앞 도랑가 굵은 아까시나무가 넘어지기도 했지요. 감나무 큰

가지도 여기저기 부러졌고 주황빛이 살짝 돌던 감도 즐비하게 떨어졌습니다. 사과밭의 사과도 수없이 떨어지고 나뭇가지 또한 부러져 피해를 꽤 크게 입었습니다.

그런데, 우리 집 문제는 벼입니다.

"하이고오, 인자 우짜노!"

"내가 올해는 나락이 잘 됐다꼬 노래 부리고 캐쌌디 이래 또 태풍이 올끼 뭐꼬, 으잉. 하이튼 내 입이 방정맞아."

할머니와 어머니 말입니다. 태풍이 우리나라를 비껴간다는데도 거센 비바람은 며칠째 불어 닥쳤습니다.

"어허, 이거 클 났네! 연동 논에는 나락이 엄청 마이 자빠졌네. 저 아랫들 논 나락은 쪼께 자빠졌는데 또 흙이 좀 쓰러 덮어 문제고. 넉박골하고 안골에도 한 번 더 가봐야지 되겠다. 넉박골 논두렁은 개안을랑강 모리겠구만."

아버지가 한 말입니다. 도롱이를 두르고 삿갓을 써도 소용없었나 봅니다. 비를 홀딱 맞고 후들후들 떨며 집에 돌아온 아버지는 삽을 그냥 마루에 기대어 놓고 마루에 잠시 걸터앉아 담배에 불을 붙였습니다.

"후우우."

내뿜는 담배연기 속에 아버지의 근심이 가득 배어 있습니다.

"하이고오, 인자 고마 좀 그치마 안 좋겠나."

"그래도 우리는 덜 해. 문식이 논 있제? 나락이 을매나 잘 됐더노. 그기 몽땅 자빠졌드라카이."

"잘 되마 뭐하노. 인자 알이 잘 영그는데 그래 자빠지마 반 쭉디기가 많아가 반타작도 안 될낀데."

"그러이 타작해가 뒤주에 담아 놀 때꺼정은 맘을 못 놓는다카이."

태풍이 지나가고, 또 언제 그런 일이 있었냐는 듯 큰길가 코스모스는 활짝 웃으며 오가는 사람에게 반갑게 손을 막 흔들어 줍니다. 태풍을 이기려고 입을 앙다물고 있던 밤송이도 입을 아 벌리기 시작했습니다. 발갛게 익은 감 홍시도 하나둘씩 얼굴을 슬그머니 내밀기 시작하고요.

일요일 아침, 아버지는 허수아비를 만들기 시작했습니다. 긴 막대 위쪽에 조금 짧은 막대를 십자로 대어 가느다란 새끼로 단단히 묶었습니다. 위쪽엔 짚을 둥글게 뚤뚤 뭉쳐 묶고 다시 떨어진 러닝셔츠를 팽팽하게 싸잡아 묶어 머리를 만들었습니다. 떨어져 못 입는 형의 여름 티셔츠를 걸쳐 윗몸을 만들고요.

"아부지예. 허수아비 눈하고, 입하고, 코는 내가 그리까예?"

허수아비 막대기와 짚 등으로 사람 형상을 만들어 헌 밀짚모자 같은 것을 씌우고, 헌 옷가지를 입혀서 만든 물건. 농작물을 쪼아 먹는 새들을 쫓기 위해서 논밭에 세웠다.

"함 그리 봐라. 참새가 겁나가지고 근처도 몬 날아오그로 그릴 수 있겠나?"

"아부지예, 내가 그렸다카마 무섭어갖꼬 참새가 똥쭐 빠지게 달아날 낍니더. 함 보이소."

나는 부엌 아궁이에서 검정 숯을 가져와 눈썹은 브이 자로, 눈알은 곧 툭 튀어나올 것 같이, 입은 양쪽 꼬리가 처지게, 코는 삐뚜름하게 해서 사천왕보다 더 무섭게 그렸습니다.

"허허, 호철이 니 솜씨가 보통 아이네. 허허허……."

동생이 옆에 쪼그려 앉아 신기한 듯 눈을 동그랗게 뜨고 바라보았습니다. 나는 장난기가 튀어나와 동생 얼굴에 숯을 슬쩍 칠해 버렸습니다. 그런데 동생은 재미있다는 듯

사천왕 사왕천의 주신. 사방을 진호하며 국가를 수호하는 네 신으로, 보통 이 천왕상은 불거져 나온 부릅뜬 눈, 잔뜩 치켜 올린 검은 눈썹, 크게 벌어진 빨간 입 등 두려움을 주는 얼굴에 손에는 큼직한 칼 등을 들고, 발로는 마귀를 밟고 있는 모습으로 표현된다. 우리나라의 절 입구에 천왕문이 있는데, 여기에 사천왕상을 받들고 있다.

"히야, 히야. 어기 어기."

이러며 더 칠해 달라고 얼굴을 들이밀었습니다.

"에비! 안 돼!"

아버지가 말려 그만두었습니다.

허수아비 머리에는 가운데가 반쯤 달아난 아버지의 헌 밀짚모자와 형의 헌 교모를 덮어씌웠습니다. 이렇게 허수아비를 네 개나 만들었습니다. 또 아버지가 산에서 잘라온 긴 아까시나무 막대에다 비료포대 종이를 잘라 바람에 펄럭일 수 있도록 매달기도 했습니다.

우리 논으로 가다 보니 벼논 여기저기에 우스꽝스럽게 생긴 허수아비가 삐딱하게 서 있습니다. 사람 머리 모양만 만들어 양쪽에 끈으로 매달아 세운 허수아비는 바람에 흔들려 까불까불합니다. 비닐 끈을 거미줄처럼 이리저리 쳐 놓는 곳도 있지요.

참새 떼가 짹짹거리며 벼논 여기저기에서 푸르룩푸르룩 날아올랐다 다시 다른 벼논에 후르르 내려앉습니다. 벼논에 내려앉아 벼 낟알을 따 먹겠지요.

"후여어 후이, 후이! 후여어어!"

성태 할머니가 목이 터져라 소리치며 막대기로 쭈그러진 양은 대야를 탕탕

교모 학교에서 정한, 학생들이 쓰는 모자. 중학교와 고등학교에 다니는 형들은 교복을 입고 교모를 썼다.

탕 두들겼습니다. 어떤 집에선 큰 깡통이나 쭈그러져 못 쓰는 냄비를 두들기기도 하지요. 성태네 벼논에 내려앉으려고 하던 참새는 탕탕탕 소리에 겁을 집어먹고 포륵 포르르륵 날아올라 냅다 도망을 칩니다.

그런데 고놈의 참새 떼는 다른 데 가지도 않고 돌아와 성태네 논에 호로록 다시 내려앉는 게 아닙니까.

"이느무 참새! 저리 안 가나! 후여어 후이, 후이!"

다시 목이 터져라 소리치며 양은 대야를 들입다 두들겨댔습니다. 참새들은 처음엔

"째잭! 째째잭 째재재? 짹, 짹짹! 아이쿠! 이게 무슨 벼락 치는 소리고? 야, 티끼자!"

이랬겠지요. 하지만 그런 소리에 익숙해진 얄미운 참새 떼들은 다른 곳으로 가는 척하다 다시 돌아와 앉거나 바로 옆 벼논으로 날아가 앉곤 합니다. 제 세상 만난 것이지요. 들판 저쪽에서도 참새 떼가 호르르 내려앉습니다.

"훠어어이 훠이! 훠어어이 훠이, 훠이!"

이러며 깡통을 딸랑딸랑 울렸습니다. 벼논 여기저기로 이어 친 줄 곳곳에 깡통을 매달아 한쪽에서 당겼다 놓았다 하면 깡통끼리 부딪쳐 딸랑딸랑 소리

티끼자 도망가자

가 나게 되는 것이지요. 다시 참새 떼가 포르르 날아올랐습니다. 참새는 마치 숨바꼭질하면서 술래를 애태우는 조무래기 아이들 같습니다.

아버지와 난 아랫들 논 여기저기에 허수아비를 세웠습니다. 그러는 중에도 참새 떼는 겁 없이 날아와 앉습니다.

"후여어어, 후이! 이느무 참새들. 후워어어이 훠이!"

그런데 참새는 또 반대편 벼논 구석에 앉는 겁니다. 나는 다시 논 밖으로 쫓아나가 돌멩이를 냅다 집어 던지며 소릴 꽥 질렀습니다. 그제야 비로소 참새 떼들은

"째잭! 째재쨱 째재재잭 째잭. 쩍째재재 쩍쩍! 아이쿠! 호철이 절마가 떤지

는 돌삐한테 맞으마 그 자리서 끽이다. 끽. 티끼라!"

이러고는 다른 곳으로 포르 포르르 달아났습니다.

우리 벼논 허수아비가 제법 멋있어 보입니다. 아버지와 나는 벼논에 우뚝우뚝 솟은 피를 몇 포기 뽑아 버리기도 했습니다.

'이느무 참새들, 우리 허수아비한테 오지기 속을 끼다. 똥겁 묵고 똥쭐 빠지게 달리뺴겠제. 히히히히…….'

집에 오니 뒷동 벼논에 새 쫓으러 갔던 할머니가 점심 먹으러 왔습니다.

"이느무 참새들이 인자 사람 겁도 안 내."

할머니 말처럼 정말 참새도 닳아빠져서 어지간해서는 사람을 겁내지 않는 것 같습니다.

오늘도 들판 여기저기서 아이들 새 쫓는 소리가 귀를 뚫습니다.

아이들과 학교 갔다 돌아오는 길입니다. 길옆 밭에는 배추가 싱싱하게 알을 안기 시작하고 팔뚝만 한 무가 땅 위로 얼굴을 쑥쑥 내밀고 있습니다. 그걸 보

니 배 속에선 더욱 꼬르륵 소리가 납니다. 무 하나를 쑥 뽑아 앞니로 껍질을 슥슥 벗겨서 우둑우둑 베어 먹고 싶은 맘 꿀떡 같습니다. 하지만 우리들은 그걸 참으며 잘 익은 벼 이삭 하나를 꺾어 들고 앞니로 낟알을 까먹었습니다. 서로 자기가 꺾은 벼 알갱이가 더 잘 익었다고 자랑도 하면서요.

그런데, 연동못 바로 아래쯤에 왔을 때입니다.

"이늠들, 거 함 서 봐라!"

어떤 한 아저씨가 우리들을 불러 세웠습니다.

'오늘은 남의 무 뽑아 묵은 일도 없는데 뭔 일이고?'

우리가 눈을 동그랗게 뜨고 멈춰서니까 아저씨는 손에 쥔 벼 이삭을 막 흔들어대며

"이늠들, 이거 너거가 이랬제? 나락을 꺾어가지고 이래 길에다 다 내삐리고 이기 뭐꼬, 이늠 시키들. 금보다 더 귀한 이 곡석을 이래 꺾어서 막 내삐리노, 으잉! 참새는 묵고살라꼬 그카지만서도 느거는 이래 꺾어서 내깔려? 이늠들을 그냥. 느거는 참새보다 못해, 이늠 시키들!"

"우 우리가 아 안 그랬는데예……."

"느거가 안 그라마 언 늠이 그랬노, 으이? 느거 어마이 아바이가 그래 갈치드나, 너거 선생이 그래 갈치드나? 으잉!"

"우리는 저 아래 논에서 꺾었는데예."

"뭐라꼬? 그거는 느그 꺼가? 그거는 나락 곡석 아이가? 으잉! 이늠 시키들이 안죽도 뭔 말인지 모리겠나!"

이러며 알밤을 한 대씩 꽁꽁 먹였습니다.

"또 나락을 함부로 꺾어서 이래 내삐릴 끼가?"

"……."

"이늠들이 그래도 지 잘못을 모리네, 으잉!"

아저씨는 또 알밤을 한 대씩 먹였습니다.

"예!"

그제야 우리들은 깜짝 놀라 큰소리로 대답했습니다.

우리들은 아저씨를 벗어나자 저마다

"아이씨, 자기네 나락도 아인데 와 그라는데."

"그래. 진짜 웃기제? 아이씨!"

이러며 씩씩거렸습니다. 그렇지만 귀한 곡식을 함부로 버린 것에 대한 미안한 마음을 꿩 구워 먹은 것처럼 잊어버린 것은 아니랍니다.

논길을 지나니 메뚜기가 "엄마야, 사람 온다! 티끼자!" 하며 콩 튀듯 폴짝폴짝 뛰어 달아납니다. 메뚜기가 갉아 먹은 벼 잎은 여기저기 파여 있지요.

"요놈! 어디 가. 요놈, 요놈!"

광수가 메뚜기를 잡기 시작했습니다. 우리는 저마다 논두렁을 하나씩 잡아

메뚜기를 잡았습니다. 이삭 달린 벼 포기 목을 뽑거나 강아지풀을 뽑아 잡은 메뚜기를 꿰었습니다. 꿰인 메뚜기가 발버둥을 칩니다. 다른 메뚜기를 등에 업은 메뚜기를 한 번에 잡기도 했습니다. 짝짓기 하는 메뚜기지요. 그렇지만 "날 잡아보시롱!" 하며 폴짝폴짝 뛰어 달아나는 메뚜기를 잘 잡는 것도 쉽지는 않습니다. 하하하, 나는 잘 잡는 기술을 알고 있지요. 며칠 전에 할머니랑 누나랑 아랫들 벼논으로 메뚜기 잡으러 갔을 때 누나한테 배웠거든요.

"누부야는 미띠기를 우째 잡는데 그래 잘 잡노?"

"우째 잡긴. 그냥 이래 이래 잡지 뭐."

"나는 요거밖에 몬 잡았는데 누부야는 마이 잡았잖아."

"으응, 그거? 미띠기 앞쪽에서 이래 잡으마 잘 안 잡히나."

여러 번을 누나가 시키는 대로 해 보고서야 조금씩 터득하게 되었습니다. 아무래도 메뚜기는 앞쪽으로 뛸 확률이 높기 때문에 그걸 예상해서 손의 방향을 잘 잡아야 하지요. 그리고 메뚜기가 눈치 채지 못하도록 손을 재빠르게 내밀어야 한답니다. 다른 다리보다 턱없이 큰 뒷다리를 보면 메뚜기가 뛰어 달아나는 데는 선수란 걸 잘 알 것입니다.

내가 세 두름을 잡아 기세등등하게 논두렁을 나오니까 녀석들이 입을 딱 벌렸습니다. 다른 녀석들은 두 두름도 채 못 잡았거든요.

"우와아! 호철이 니는 우째 그래 마이 잡았노?"

"잡는 기술이 다 있다 아이가. 뽕뽕이 니는 암만 해도 내는 몬 따라올 끼다."

한 두름 반 정도밖에 못 잡은 봉식이의 얼굴이 벌겋게 달아오르는 것을 알 수 있었습니다. 그러면서 할 말이 없으니까 이랬습니다.

"우와아! 나 있제? 저쪽에 뱀이 이따만 한 거를 안 만났나. 까딱 잘몬 했으마 물렀을 끼라. 너거들 긑으마 대번에 물렸을 끼라."

두름 한 줄에 열 마리씩 두 줄로 엮은 것을 세는 단위 그렇지만 나는 이렇게 속말을 했습니다.

"야, 이 뽕뽕아. 니 풍치는 거 다 안데이. 니 실력이 그래밖에 안 된다 캐라, 고마."

다른 녀석들도 그랬을 겁니다.

저녁에 할머니가, 할머니와 누나가 낮에 잡아 놓은 메뚜기에 내가 잡아온 메뚜기를 보태어 조그만 자루에 넣고는 쇠죽솥에 쪘습니다. 쇠죽이 끓을 무렵 쇠죽솥에 넣어 찐다는 말이지요. 찐 메뚜기는 햇볕에 바짝 말립니다. 찐 메뚜기는 바로 볶아 먹어도 되지만, 이렇게 말려 두면 두고두고 볶아 먹을 수가 있지요. 프라이팬에 소금과 들기름을 살짝 넣어 달달 볶으면 바삭바삭 씹히면서 고소하답니다. 우리는 도시락에 메뚜기 반찬을 가지고 가기도 하지요.

나락 논 도구 치고, 타작마당 바르고

벼가 누레지고 알갱이가 거의 다 여물어가면 벼논의 물을 슬슬 빼냅니다. 알갱이가 아주 단단하게 영그는 10월 초순이 되면 더욱 물이 잘 빠지도록 논 뒤쪽과 가장자리, 논 가운데에 도구를 칩니다. 벼 포기를 삽으로 파서 양쪽 옆으로 살짝살짝 놓으며 도구를 치기도 하고 벼를 조금 베어내고 도구를 치기도 합니다. 이때 베어낸 벼 알갱이가 조금 덜 영글었으면 찐쌀로 만든답니다. 먼저, 덜 익은 벼 알갱이를 홀태로 훑어서 솥에 쪄 햇볕에 바짝 말립니다. 말린 걸 디딜방아에 찧어 키로 껍질을 까불어 내면 찐쌀이 되지요. 양식이 일찍 떨어진 집에서는 벼가 완전히 익기 전에라도 일부러 베어 찐쌀을 만들어야 합니다. 그만큼 양식이 급

디딜방아

도구 도랑. 매우 좁고 작은 개울

홀태 벼훑이. 두 나뭇가지의 한끝을 동여매어 집게처럼 만들고 그 틈에 벼 이삭을 넣고 벼의 알을 훑는 농기구

디딜방아 발로 디디어 곡식을 찧거나 빻게 된 방아. 굵은 나무 한 끝에 공이를 박고 다른 끝을 두 갈래가 나게 하여 발로 디딜 수 있도록 만들었으며 공이 아래에 방아확을 파 놓았다.

한 것이지요. 찐쌀은 그대로 먹어도 아주 고소해서 우리는 어머니 몰래 몇 움큼씩 훔쳐 나와 동무들과 놀면서 먹기도 하지요.

아침에 일어나 바깥마당에 나가니 붉은 흙무더기가 여기저기 놓여 있었습니다. 아버지가 소 등에 길마와 옹구를 지워 흙을 실어 나른 겁니다. 마당을 바르기 위해서지요. 비에 흙이 씻겨 내려가 돌이 드러나기도 하고 움푹 파인 곳도 있어 그대로는 가을 곡식 타작하기가 어렵기 때문이랍니다.

아버지는 막내 작은아버지도 불러왔습니다. 삽으로 온 마당에 흙을 고루 편 다음 물지게로 퍼온 도랑물을 흥건히 흩뿌려서 고무래로 고루 이겨 바르는 겁니다. 그리고는 사람이나 짐승이 못 들어오도록 마당 둘레에 새끼줄을 쳐 두지요.

그런데, 어라! 채 마르기도 전에 우리 집 송아지, 망나니가 좋다고 들어오네요.

"이늠이 어따 들어오고 난리여. 안 나가나. 워이!

길마

길마 짐을 싣거나 수레를 끌기 위하여 소나 말 따위의 등에 얹는 안장

옹구 감자, 두엄, 재, 흙, 모래와 같이 흩어지기 쉬운 물건을 나르는 데 사용하는 연장이다. 걸채와 같은 틀에 새끼로 짠 망 같은 자루를 달았다. 자루의 밑은 뚫어 놓고 옆 망으로 밑을 돌려 막고 열 수 있게 하여 실은 짐을 쉽게 쏟을 수 있도록 했다.

안 나가나!"

아버지가 돌멩이를 집어 던지며 내쫓았습니다. 아버지가

"호철아, 니는 마당 마를 때꺼정 짐승들 몬 들어오그러 좀 지키라잉."

하고는 바지게를 지고 들로 나갔습니다.

"히야, 히야! 저거 저거!

마당가에서 제 동무들과 놀던 동생이 소리쳤습니다. 동생이 가리키는 쪽을 보니 옆집 광수네 돼지 새끼 일곱 마리가 좋다고 쪼르르 달려 나오는 겁니다. 그러더니 얼씨구 좋다 하고 마당으로 들어와요. 그냥 들어오기만 해도 그런데 들어와서는 주둥이로 마당을 막 파 뒤집는 게 아닙니까.

"이느무 시키! 어따 들어와가 난리고. 저리 안 가나? 워이, 워이!"

어어! 그런데 이놈들이 마당 안쪽으로 더 들어오네요. 돌멩이를 냅다 던져 버렸습니다. 한 놈이 맞았는지 '깨에액!' 하더니 모두 제집으로 우르르 달아났습니다.

또 내가 잠깐 한눈판 사이에 앞집 닭들이 마당에 들어와 무엇인가 쪼아 먹고 있는 게 아닙니까. 커다란 장닭 두 마리도요. 발자국이 엄청 큰 게 여기저기 찍혔습니다.

장닭 수탉

"이느무 달구시키! 어따 들어와 가지고 난리여! 워이!"

또 돌을 쥐고 던지니까 '꼬꼬댁!' 하더니 날개를 퍼드덕거리며 담 위로 날아올랐습니다. 암탉은 마당 밖으로 후다닥 달아나고요.

한나절쯤 지나니까 물기가 까닥까닥 마르기 시작했습니다. 저녁 무렵에는 아버지가 모래를 조금 뿌렸습니다. 그리고는 가마니를 펼쳐 놓고 밟으라고 했습니다. 마당을 다지기도 하고 짐승들이 밟은 곳을 반반하게 고르기 위해서지요. 동생도 재미있는지 팔짝팔짝 뛰며 마당을 밟았습니다.

이튿날 점심때 어머니가 양동이와 대야, 그리고 조그만 소쿠리를 내어 놓더니 무조건 들고 따라오라고 했습니다.

"엄마, 어데 갈라꼬?"

"어제 아랫들 나락논 도구에 가 보이끼네 미꾸라지가 엄치미 큰 기 있더라. 가자."

논에 돌아다니던 미꾸라지도 논물이 빠지면서 물 있는 도랑으로몰리지요.

"미꾸라지 잡으로 가자꼬? 나는 미꾸라지 국 안 묵는다."

"와?"

"뼈가지가 목에 걸리가 몬 묵겠더라."

- -

엄치미 엄청

"할매는 기운 없다 카고 너거 아부지는 일한다꼬 저래 삐쩍 안 말랐나. 추어탕이라도 낄이 믹이야제. 그라고 마이 잡아가주고 팔아야 니 신이라도 사제. 어여 가자."

나도 미꾸라지 잡는 건 은근히 좋아하고는 있지요. 어린 동생이 어머니 따라오려고 나서는 걸 억지로 떼 내어 할머니에게 맡겼습니다. 도랑 흙을 뒤지니까 진짜 엄지손가락 굵기만 한 미꾸라지가 꿈틀거리며 들어 있었습니다. 배가 누렇고 살도 통통하게 올랐습니다.

저녁에 어머니가 미꾸라지로 추어탕을 끓였습니다. 팔팔 살아 있는 미꾸라지에 소금 두어 움큼 집어넣고 호박잎으로 마구 문지르니까 죽는다고 난리를 칩니다. 그렇게 해야 개흙도 빠지고 비린내도 덜 난답니다. 하지만 어찌 보면 미꾸라지가 참 불쌍하기도 해요.

"아따, 구수하네. 한 그릇 더 묵자."

아버지는 한 그릇을 더 먹는데 나는 비린내도 나는 것 같고 자꾸 잔뼈가 씹히거나 목에 걸려 먹다 말았습니다. 그러니까 누나가 이랬습니다.

"하이튼 호철이 니는 빌나다, 빌나."

빌나다, 빌나 별나다, 별나.

 누렇게 잘 익은 벼 베고

　벼 이삭이 팬 지 45일쯤 지난 10월 중순. 온 들판의 벼가 아주 누렇게 다 익었습니다. 말 그대로 눈부신 황금 들판이 된 것이지요. 바람이 살랑살랑 불어오면 벼는 사그락사그락 소리 내며 일렁거립니다. 긴 바람이 들판을 쓸면 황금물결이 밀리고 밀리지요.

　"아아따, 인자 안골 나락하고 넉밭골 나락은 누러이 잘 익었더만. 칠산 영감네도 나락 비고 철희네도 나락 비는데 우리도 인자 나락을 비야 되겠네. 나락을 깨물어 보이 딱 소리 나는 기 알갱이가 잘 야물었더구만."

　아침에 벼논을 한 바퀴 둘러보고 온 아버지가 아침상을 받으며 하는 말입니다. 아버지는 넉박골 논에서 누런 들판을 내려다보니 안 먹어도 배가 부르더라고 했습니다. 그리고 넉박골에서 보니 들판 벼논 군데군데 빠꿈빠꿈 구멍 뚫린 것처럼 벼 벤 곳이 늘어가고 있다고 했고요. 벼가 익을 무렵엔 밤낮의 기온차가 커야 쌀알이 제대로 영글고 밥을 해도 맛이 구수하게 좋답니다. 그리고 벼는 서리 내리기 전에 베어야 한답니다. 서리를 맞히면 이삭이 꺾이고 낟알에 흰곰팡이 같은 것이 피어 밥맛도 떨어지니까요. 또 벼가 너무 익어버리면 쌀알이 갈라져 싸라기 쌀이 많이 생기기도 한답니다. 그러니까 지금이 벼 베는 시기로 딱 알맞다는 말이지요.

일요일 아침, 나는 아직 잠이 덜 깼는데 아버지가 숫돌에 낫 갈다 방 쪽으로 보며 큰 소리로 말했습니다.

"야들아! 오늘은 넉밭골 나락 비로 가자! 너거 작은아부지 둘이도 올라 캤다."

아침을 일찍 먹고 아버지, 어머니, 형과 나 넷이서 나섰습니다. 작은아버지는 바로 넉박골로 오기로 했고요. 맑고 깊은 파란 하늘을 우러러보면 눈이 부십니다. 햇빛 쫙 비치는 황금들판은 더욱 눈이 부십니다. 그 들판 여기저기서 벼를 베고 있지요.

이제 우리도 벼 베기를 합니다. 아버지가 먼저 손바닥에 침을 탁 뱉어 낫자루를 단단히 쥐고는 논 가장자리부터 베기 시작했습니다. 그러자 모두 나란히 엎드려 벼를 베었습니다. 벤 벼는 바로 논자리에 그대로 가지런히 줄 맞춰 널어놓습니다. 논바닥이 까닥까닥 말라 있거든요.

"사각 사각 사가각 사각 사가각……."

어른들은 한꺼번에 네 포기도 모아 쥐고 벱니다. 내가 한 포기씩 베다가 두 포기를 쥐고 베려고 하니까 어머니가 깜짝 놀랐습니다.

"안 돼! 니는 그래 쥐고 비마 클 나."

"와아?"

"니맨치로 그래 나락 밑둥치를 쥐고 비마 손 끊는데이. 그라고 니맨치로 그래 낫을 땡기마 다리 빈다카이."

"엄마, 엄마는 우째 그래 두 피기 시 피기도 한참에 막 빌 수 있어?"

그때 막내 작은아버지가 말을 거들었습니다.

"니도 어른 되마 다 할 수 있다 아이가. 니는 한 피기나 두 피기만 비라. 내 함 바래이? 낫으로 나락 피기 우를 실쩍 걸어 모다 갖꼬 왼손에 이래 쥐제? 그라고 낫을 나락 피기 아래쪽으로 니라서 날을 실쩍 돌리민서 잡아땡기마 이래 한참에 두 피기, 시 피기, 니 피기도 빌 수 있다 아이가. 이래, 이래!"

작은아버지는 한 번 설명하고는 바로 시범을 보여 주는데 손이 안 보일 정도로 빨리 베었습니다. 그런데 나는 아무리 해도 서툴기는 마찬가지입니다.

"아이참! 나는 와 잘 안 되노?"

"니는 안죽 얼라 아이가. 고마 한 피기씩 비라."

형이 나를 업신여기는 듯한 투로 말하자 나는 화를 버럭 내었습니다.

"내가 우예 얼라고! 내도 할 수 있거덩!"

그러니까 형이 피식 웃고는 제 앞의 벼만 베어 나갔습니다.

모다 모아

아버지는 한참 만에 허리를 폈습니다. 그리고 벼 한 포기를 베어 들고는 이렇게 말했습니다.

"암만 봐도 올해 넉박골 나락은 옹골차게 참 자알 됐구만."

아버지는 다시 오른손 바닥에 침을 탁 뱉더니 낫자루를 더욱 단단히 쥐고 벼를 베기 시작했습니다.

"사각 사각 사가각 사각 사가가각……."

얼마쯤 베니까 그만 허리가 뒤틀리기 시작했습니다. 나는 베어 널어놓은 벼

위에 벌렁 드러누웠습니다. 메뚜기가 내 얼굴에 포르륵 날아와 앉았습니다.

"어엉? 욤마, 요거!"

손으로 탁 때렸는데 어느새 그만 폴짝 뛰어 달아나버립니다. 그렇지만 이젠 메뚜기도 벼 색깔처럼 누렇게 변하고 힘이 별로 없습니다. 숨을 크게 들이쉬 어 하늘로 후우욱 내뱉으니 가슴이 탁 트입니다. '아아!' 구름 한 점 없는 말간 가을 하늘, 그 파란 하늘 아래 고추잠자리 몇 마리가 낮게 휙휙 날아다닙니다.

새 한 쌍도 하늘을 가로질러 날아갑니다. 나도 새가 되어 날아가는 것 같습니다. 나는 햇살이 눈부셔 눈을 지그시 감았습니다. 바람이 살랑살랑 부니까 벼가 또 사그락사그락 노래를 부릅니다.

벼 포기 사이에 벼 잎이 주먹만 하게 똘똘 뭉친 게 보였습니다.

'으잉? 저기 뭐꼬?'

나는 벌떡 일어나 그걸 헤쳐 보았습니다. 안쪽에는 공간이 있고 벼 이삭도 들어 있었습니다.

"아부지예. 이기 뭡니꺼?"

"으응. 그거? 쥐가 집 지났는 거 아이가."

"쥐 집이라꼬예? 히얀하네?"

"그느무 들쥐들이 아깝은 나락을 그 작당 해 놓았네."

나는 다시 벌러덩 누웠습니다.

"철이 니 인자 고마 하기 싫나? 하기 싫으마 집에 가 니 누부야 참 가지고 오는데 막걸리 술 주전자나 좀 들고 오니라."

난 어머니 말을 듣고 벌떡 일어났습니다. 모두 벌써 몇 미터나 앞서 벼를 베어 나가고 있었습니다.

"엄마, 참말로?"

"그래. 니 누부 힘들다. 니가 심부름 좀 해라."

어머니는 내가 힘들어하고 있다는 걸 벌써 눈치채고 있지요. 그래서 힘들게 혼자 부엌일 하는 누나 거들어주기도 할 겸, 그걸 핑계로 날 좀 쉬도록 해 주는 것입니다. 아버지는 틀림없이 "사나가 뭐 일 고거 하고 그카노. 얼렁 나락 안 비고 뭐하노!" 이렇게 말할 건데 오늘은 아무 말을 안 합니다.

난 좋다 하고 논길을 막 뛰어 내려갔습니다. 누나는 벌써 참 바구니를 머리에 이고 넉박골 들길로 들어서고 있었습니다. 왼손으론 머리에 인 참 광주리를 잡고 오른손으론 술 주전자를 쥐고요. 난 술 주전자를 받아 쥐고 누나 앞서 벼 베는 논자리로 뛰어 들어갔습니다.

"엄마아! 참 가져왔어!"

모두 논 가운데에 둘러앉았습니다. 아버지는 이번에도 참 먹기 전에 국수를 젓가락으로 조금 집어서 "고시래!" 하며 논바닥에 내던졌습니다. 농사 잘 짓게 해 준 귀신에게 감사의 뜻을 나타내는 것이랍니다. 어른들은 들에서 음식 먹을 때는 언제나 그렇게 하지요. 모두 시원한 국수를 빨아 당기듯 후룩후룩 먹었습니다. 아버지와 작은아버지는 막걸리를 꿀꺽꿀꺽 마시고요.

"카아아! 술맛 쪼오타."

아버지는 손으로 입을 쓱 닦았습니다.

참을 다 먹은 아버지는 잠시 쉬다 담배에 불을 붙여 입에 물고는 숫돌에 낫을 모두 싹싹 갈았습니다. 그리고는 다시 벼를 베기 시작했습니다.

우리는 점심도 들에서 먹었습니다. 여러가지 나물 무침에 구수한 청국장과 갈치찌개. 점심을 먹다 보니 윗마을 구암 할머니가 산밭에 갔다 오는지 내려오고 있었습니다.

"할매예, 어데 갔다 오십니꺼? 여게 오시가 밥 한술 뜨고 가이소. 찬은 없습니데이. 언능 오이소."

"으이? 그러까? 아이구, 나락 엉가이 빘네. 나락 참 잘 됐다. 알도 옹골차고 빛깔도 노오라이 금빛이 나네. 나락 알개이도 치렁치렁하이 마이 달렸고. 소출이 마이 나오겠구마."

"그렇십니꺼? 지는 모르겠십니더, 허허허……."

아버지는 은근히 기분이 좋은 눈치입니다.

한나절 새 벼 벤 곳이 더욱 많이 늘어났습니다. 오늘은 연동 무논의 벼 베는 날입니다. 셋째 작은아버지와 막내 작은아버지, 옆집 광수 아버지, 거기다 뒷골목 정수 아버지까지 왔습니다. 무논의 벼는 물 때문에 논자리에 널 수가 없지요. 벤 벼는 큰 묶음으로 묶어 들어낸 다음 언덕배기 빈터에 다시 널어 말려야 합니다. 그래서 일손이 더 많이 필요하지요. 작은아버지 두 분은 벼를 좀 베다 볏단을 지게로 져 언덕에 나르곤 했습니다. 어머니와 작은어머니는 그 벼를 다시 언덕배기에 줄 맞추어 얇게 널고요. 연동 무논의 벼는 태풍으로 쓰러지고 헝클어진 벼도 있어 베기가 더욱 힘들었습니다. 아랫들 벼하고 넉박골 벼는 조금밖에 안 쓰러졌는데 연동 논은 엄청 많이 쓰러졌거든요.

늦가을 비 걱정, 벼를 잘 말려 거두고

날이 맑고 바람도 살랑살랑 불어 베어 놓은 벼는 더욱 잘 말랐습니다. 이젠 집으로 들여야 하지요. 원래 넉박골 벼와 안골 벼는 따로 거두어들이는데 올해는 한꺼번에 거두어들이기로 했습니다. 어머니와 작은어머니 넷, 또 광수 어머니와 이웃 아주머니도 논자리에 나와 벼를 묶었습니다. 두 손으로 모아 쥐었을 때 알맞게 쥘 수 있을 만큼의 볏단 묶음으로요. 벼 반 움큼쯤으로, 볏대 목을 왼손으로 모아 쥐고, 오른손으로 볏대를 반 갈라 한 바퀴 틀어 볏단을 묶는 것입니다.

"철아, 니는 잘 몬 묶는다. 그냥 나락 한 단씩 될 만침 모다 놓기만 해라."

"나는 와 안 되는데?"

"함 해 봐라, 그기 어데 쉬운강. 그러이까네 니는 모독모독 모다 놓기나 해라."

"알았어."

나는 한 묶음씩 묶기 좋도록 벼를 모아 놓았습니다. 반나절이 지나자 누나가 삶은 고구마를 참으로 가져왔습니다. 모두 둘러앉아 쉬면서 고구마를 먹었습니다. 고구마 먹던 막내 작은어머니가 조그맣고 길쭉한 고구마 하나를 들고 하하하 웃으며 말했습니다.

"이거 봐라. 이거 꼭 호철이 꼬추맨치로 생겼네, 하하하……."

"으잉? 참말로 똑같이 생겼네, 호호호……."

아버지는 우리 늙다리소 등에 길마를 메우고, 그 위에 걸채를 얹어 벼를 실어 날랐습니다. 셋째 작은아버지와 막내 작은아버지는 벼를 반쯤 묶었을 때 지게로 져 날랐고요.

한나절 만에 넉박골 벼를 다 묶고 안골 논에 가는 길에 집에 들러 점심을 먹었습니다. 그렇잖으면 점심을 들에 가져가 먹어야 하는데 오늘은 그러지 않아도 되었습니다. 누나가 조금 편하게 된 것이지요.

"호철아, 니는 고마 안골 논에 가지 마고 갖다 논 볏단이나 마당 둘레에 잘 쌓아 놔라. 안 무너지게 착착 잘 쌓아야 된데이?"

"할매가 하잖아예."

"할매 혼차 힘들어가 안 된다."

나는 이웃집 광수를 불러와 갖다 놓은 볏단을 바깥마당 둘레에 병풍처럼 쌓았습니다. 조금 있으니까 할 일이 없어 빈둥거리며 놀던 봉식이도 왔습니다.

걸채 소의 길마 위에 덧얹어 볏단과 같이 부피가 큰 곡식 단이나 나무 따위를 나르는 데 쓰는 농기구

내 동생 인철이는 하지도 못 하면서 볏단 나른다고 낑낑대었습니다. 그러다 몸이 가렵다고 긁어대며 징징대었습니다.

"인철아, 니는 하지 마. 알았제? 할매한테 가가 까끄럽은 데 긁어 돌라 캐라."

우리는 볏단을 다 쌓고 난 뒤에는 숨바꼭질 놀이도 했지요. 어느새 해는 서쪽 먼 산에 반 뼘쯤밖에 안 남았습니다.

"아부지예. 인자 나락 다 묶었습니꺼?"

"으응? 잘 모리겠다. 인자 거진 다 안 묶었겠나. 넉발골 나락은 인자 두 번만 가마 다 가져올 끼다."

그런데 저녁 무렵이 되자 시커먼 구름이 몰려왔습니다.

"어? 비다, 비! 클 났다. 이거 우찌노?"

잘 말려 놓은 벼를 비 맞으면 큰일이지요. 마침 아버지가 집에 와 있어 쌓아 놓은 볏가리를 비닐로 대충 덮었습니다. 이제 거의 다 들여가는데 비가 오다니! 아마 논에서는 묶어 놓은 볏단을 무덕무덕 모아 볏가리를 만들어 놓았을 겁니다. 그러면 비가 와도 덜 젖지요. 그런데 비는 몇 방울 우두두 하다 이내 뚝 그쳤습니다. 간 떨어지게 하긴 했지만 정말 다행입니다. 작년 이맘때 뜻밖

볏가리 벼를 베어서 가려 놓거나 볏단을 차곡차곡 쌓은 더미

에 여러 날 가을비가 와 싹 낼 뻔한 일이 떠오릅니다.

아랫들 논에 벼를 베 눕혀 놓았는데 늦가을 비가 벌써 며칠째 내리고 있었습니다.

"어허, 이거 클 났네! 나락 싹 다 나겠네!"

"감천띠기 나락은 벌써 싹이 났다 카든데 우짜노."

"야야, 우리 아랫들 논 나락은 개안나? 어떻더노?"

"아침에 가보이 베 눕히 놓은 나락이 빗물에 착 잠기가 있데요. 그래 물 잘 빠지라꼬 물길을 티우기는 했는데 비가 와도 엉가이 마이 와야지 물이 빠지제."

"싹은 안 나왔어요?"

"나락이 팅팅 불어가 싹이 곧 나올동 모리겠구만. 비가 빨리 안 그치마 싹 나지 뭐. 허허, 참."

아침밥 먹으며 아버지와 어머니, 할머니가 주고받는 말입니다. 정말 큰일입니다.

비는 이튿날도 부슬부슬 내렸습니다.

"비라도 그치야 갱빈에 갖다 널 낀데, 우짜노."

"물에 너무 오래 잠기 있으마 썩을 낀데 비 안 그치도 갱빈에 옮기는 기 안 좋겠어요?"

"그러마 그러까?"

이렇게 해서 우리 식구들 모두는 비닐로 몸을 감싸고 바삐 아랫들 벼논으로 갔습니다. 벼는 정말 물에 둥둥 뜰 정도로 푹 잠겨 있었습니다. 다시 큰 다발로 묶어 어깨에 메고 개울가 언덕으로 가져가 널었습니다. 볏단에서 물이 주르르 흘러내렸습니다. 아버지는 몇 다발씩 지게에 지고 옮겼습니다. 온몸이 비에 흠뻑 젖어 춥기도 엄청 추웠지요. 점심때가 넘어서야 물에 푹 잠긴 건 어지간히 다 들어내어 널었습니다. 어떤 집 논에서는 벼가 선 채로 싹이 나기도 했습니다. 논에 베어 눕힌 벼들을 개울둑으로 옮기지 못한 집에서는 논에 고인 물이 잘 빠지도록 도랑을 더 깊이 치고 물꼬도 더 내었습니다.

다음날 아침에 일어나보니 다행히 비는 뚝 그쳐 있었습니다. 언제 그런 일이 있었냐는 듯 눈부신 햇살이 온 들판을 쏘아댔습니다. 파란 하늘은 티 하나 없어 마치 파란 유리 같기도 하고 맑은 호수 같기도 하고요. 아침나절이 지나자 바람도 살랑이어서 널어놓은 벼가 마르기 시작했습니다. 이틀쯤 지나니까 위에는 꺼덕꺼덕 말랐는데 밑에는 아직 축축합니다.

"철아, 니 놀러 가지 마래이? 나락 뒤비야 된다."

어머니가 밖에 나가려는 날 붙잡았습니다.

"어데 나락?"

"아랫들 갱빈에 널어 놨는 거. 뒤비야 빨리 마르제."

오늘은 웬일로 누나도 갔습니다. 볏단 가운데쯤을 낫 끝으로 살짝 걸어 당겨 뒤집으며 앞으로 나아가야 합니다.

"아고, 허리야! 허리 뿌라지는 거 같다."

"철이 또 꾀빙이 났는 갑다."

"할매, 내가 꾀빙 부리는 기 아이다. 증말로 허리 뿌라질라 칸다."

"이늠 짜슥, 할미도 암 소리 안 하는데 아들이 무신 소리고? 언능 하기나 해라!"

"아고오! 할매는 맨날 '아들이 무신 허리 아프다 카노.' 카더라."

점심때가 다 되어서야 벼 뒤집기를 끝내었습니다. 보니 성태 아버지는 낫을 긴 막대에 매어 서서 걸어가며 벼를 뒤집고 있었습니다. 논에 베어 눕혀 놓은 벼는 아직 논바닥이 질어 내일이나 모레쯤 되어야 뒤집을 것 같습니다. 논바닥이 더 말라야 하니까요.

소나기가 우두두거리는 바람에 비닐로 볏가리를 덮은 아버지는 날이 어둑어둑해지는데도 볏단 가지러 우리 늙다리와 함께 넉발골 논으로 갔습니다. 까만 밤, 벼를 집채처럼 싣고 오는 우리 늙다리가 혹시라도 발을 헛디뎌 쓰러지면 큰일이지요. 전에 한번 벼를 잔뜩 실은 채 처박혀 큰일 날 뻔한 일이 있었기 때문에 더욱 걱정되었습니다.

아들이 애들이

"철아, 너거 아부지 마중 나가 보자. 이래 깜깜한데 와 안죽도 안 오는지 모리겠다."

나는 어머니와 초롱불을 밝혀 들고 나섰습니다.

"엄마! 저게 늙다리 오는 거 아이가?"

"맞네!"

도랑 저쪽에 시커먼 물체가 움직이고 있는 것이 보였습니다. 우리 늙다리와 아버지였습니다. 늙다리는 깜깜한 밤에도 그 좁은 비탈길을 조심조심 걸어오고 있었습니다. 아버지도 지게에 벼를 한 짐 지고 따라오고 있고요.

"늙다라, 길 좁다. 조심조심 가자. 끌끌끌……."

우리 늙다리는 끙끙 앓는 소리를 내면서도 조심조심 잘도 옵니다. 지금 늙다리도 지칠 대로 지쳐 있을 겁니다. 요즘은 하루도 편히 쉬지 못했으니까요. 아버지는 볏짐을 지고 뒤따라오고, 어머니는 우리 늙다리 바로 뒤에서 따라오고, 나는 초롱불로 늙다리 앞을 비추면서 앞서 왔습니다.

"늙다라, 여게 도랑이데이. 조심히 온네이."

목을 쑥 빼고 거품 물고 헐떡거리며 도랑 건너는 늙다리가 참 안쓰러웠습니다. 그래도 늙다리는 믿음직스럽게 뚜벅뚜벅 도랑을 건너 언덕을 올랐습니다.

초롱불 초를 넣어 불을 밝혀 길을 비추던 휴대용 등을 가리킨다.

언덕을 오를 때 아버지는 볏짐 지게를 잠시 세워두고 우리 늙다리 뒤쪽 길마를 힘껏 밀어주었습니다.

"늙다라, 힘내라! 어이! 어이! 잘 간다!"

언덕을 다 오르자 다시 어머니가 늙다리 뒤를 따르고 아버지는 볏짐을 지고 따라왔습니다.

마당에 볏짐을 부리자 늙다리는 또 끙 앓으며 큰 숨을 내쉬었습니다. 길마를 내리니까 늙다리 등이 땀으로 흠뻑 젖어 있었습니다. 아버지는 안쓰러운지 등을 어루만져 주고 목덜미도 주물러 주었지요. 늙다리를 외양간에 들인 아버지는 할머니가 끓여 놓은 쇠죽을 구유 한가득 퍼 주었습니다.

"늙다라, 마이 무라. 너도 늘치날 때도 됐을 끼다. 어여 마이 묵고 푹 쉬라잉."

그리고는 등겨를 한 바가지 퍼다 쇠죽에 섞어 주었습니다. 꿀꺽꿀꺽, 늙다리 목으로 쇠죽이 끊임없이 넘어갑니다. 어지간히 배가 고팠나 봅니다.

아버지는 늙다리 쇠죽을 다 챙긴 뒤에야 저녁상을 받았습니다.

늘치나다 매우 맥이 빠지고 고단하다.

와랑와랑와랑, 타작하고

"야들아, 고마 언능 인나거라. 잉!"

"으아앙, 엄마아. 쬐끔만 더 자자, 으응?"

"언능 인나거라! 너거 작은아부지는 벌써 와가 탈곡기까지 준비해 놨다. 광수네 아부지도 왔다."

날이 밝기도 전에 셋째 작은아버지와 막내 작은아버지, 이웃집 광수 아버지가 와 바깥마당에 탈곡기를 내어 놓았습니다. 어머니가 아직도 자고 있는 형과 누나, 나를 깨웠지만 모두 뒤척거리기만 했습니다. 그동안 나도 일 거드느라 무척이나 고단했지만 때마침 학교에서 2차 농번기 가정실습을 이틀이나 해 또 일을 거들지 않으면 안 되게 되었습니다.

탈곡기 벼, 보리 따위의 이삭에서 낟알을 떨어내는 농기계
농번기 가정실습 예전에, 농사일이 바쁜 농번기가 되면 학생들이 수업을 제쳐두고 가정에서 농사일을 돕는 제도이다. 바쁠 때는 부지깽이도 일어나 뛰어다닌다는 말이 있듯이 모내기철과 추수철에는 일손이 아쉬워 아이들도 일손을 거들지 않을 수 없었는데, 학교에서는 가정실습이라 해서 며칠 동안 수업을 중단하고 농사일을 거들게 하였다.

새벽공기가 서늘합니다. 어머니는 어느새 뜨끈뜨끈한 콩나물 갱죽을 끓였습니다. 모두 후룩후룩 한 그릇씩 먹고 나니 날이 뿌옇게 밝아왔습니다. 아버지는 벌써 넉박골 논에서 덜 가져온 벼를 마저 져다 놓고, 다시 우리 늙다리를 외양간에서 끌어내었습니다. 오늘은 안골 벼를 싣고 와야 하기 때문이지요.

드디어 타작이 시작되었습니다. 작은아버지 두 분과 광수 아버지가 탈곡기 발판을 밟기 시작했습니다. 형도 옆에서 탈곡기를 밟아 주었습니다.

"와아아랑 와아랑 와랑 와랑 와랑 와랑와랑와랑 왕왕왕……."

탈곡기의 통돌이가 힘차게 빙빙 돌아갈 때 볏단의 벼 이삭 쪽을 슬슬 갖다 대면서 볏단을 빙빙 돌렸습니다. 그러면 통돌이에 삐죽삐죽 나온 철 살에 벼 알갱이가 훑기지요.

"따르르르르 따다다다다 타르르르르……."

"다다다다 다르르르르 사삭 사삭 사사사……."

"사사사사삭 사사사사삭 사사사……."

벼 알갱이가 마구 떨어져 나가면서 탈곡기 바로 앞에 쌓이기도 하고 멀리 탁 튀어 나가기도 합니다. 셋째 작은아버지가 처음 볏단을 갖다 대어 돌리며 대충 훑으면 광수 아버지가 그 볏단을 넘겨받아 나머지를 다 훑고, 다시 막내 작은아버지가 넘겨받아 헤치고 뒤집으며 빠져 있는 벼 알갱이를 마저 깨끗이 훑고는 짚단을 뒤로 빼내었습니다.

"앗, 따거라!"

튀어 나가는 벼 알갱이에 얼굴을 맞은 겁니다. 벌한테 톡 쏘이는 것같이 따끔하지요.

"호철아, 나락단 언능 갖다 놔라. 언능!"

셋째 작은아버지가 소리쳤습니다. 나는 탈곡기 옆에 볏단을 한 아름씩 안고 갖다 놓았습니다. 그래도 감당할 수가 없었습니다.

"호철아, 니는 고마 짚단이나 치아라. 나락은 내가 갖다 놓으께. 할매 혼차 짚단 다 몬 치운다."

탈곡기를 밟아주던 형이 볏단을 갖다 놓겠다고 했습니다. 어머니는 긴 대나무 비로 쌓인 벼 알갱이 무더기 위를 쓸어내렸습니다. 벼 북데기 같은 것을 깨끗이 쓸어내는 것이지요. 쓸어낸 북데기는 다시 갈퀴로 한 아름씩 끌어 모아 안고 마당 한쪽에 차곡차곡 쟁여 놓았습니다. 왜냐하면 거기엔 아직 떨어지지 않은 벼 낟알이 많이 붙어 있어 뒤에 다시 털어내야 하거든요.

아침을 먹고도, 점심을 먹고도 타작은 이

갈퀴

북데기 짚이나 풀 따위가 함부로 뒤섞여서 엉클어진 뭉텅이로, 벼 타작할 때 나오는 북데기 속에는 벼 이삭이 붙어 있는 것도 있어 그걸 두었다 다시 도리깨로 두들겨 타작을 한다.

갈퀴 검불이나 곡식 따위를 긁어모으는 데 쓰는 기구. 한쪽 끝이 우그러진 대쪽이나 철사를 부챗살 모양으로 엮어 만든다.

어졌습니다. 아버지는 하루 내내 우리 늙다리와 안골 볏단을 실어 나르고, 우리 집 바깥마당에선 온종일 타작을 합니다.

오후엔 이웃집 광수와 뒷골목 정수, 윗마을에 사는 봉식이까지 와 짚단 나르는 걸 도와주었습니다. 우리는 짚단 무더기 위에 뒹굴기도 하고 집짓기 놀이도 했습니다. 그렇게 동무들과 함께 하니까 일이 덜 지루했습니다. 할머니는 집 앞 빈터 아까시나무에 기대어 짚단을 착착 쟁였습니다. 쟁여 놓은 짚은 겨울에 소 먹이기도 하고, 초가지붕을 이기도 하고, 여러 가지 생활 도구를 만들기도 하고, 썩혀 거름을 하기도 하지요.

"어어!"

"와아?

"내 신 읗어졌어!"

광수가 고무신 한 짝을 잃어버렸다고 징징대었습니다. 우리가 짚단을 막 뒤지며 신을 찾아보았지만 없었습니다.

"이늠 자슥들, 우얄라꼬 신을 잃카뿠노, 으잉."

할머니는 뭐라 하더니 볏단을 차근차근 뒤져 광수의 한쪽 신을 찾아내었습니다.

아버지는 안골 벼까지 다 나르고 나서야 짚가리를 다독여 가물가물 쌓아올렸습니다. 우리는 짚가리 높은 곳까지 짚단을 막 던져 올렸습니다.

"히히히, 뿡뿡이 니는 한 단씩밖에 몬 올리나? 내 함 봐래이. 나는 한 번에 두 단도 올린데이. 으라차차차!"

광수가 짚단 두 단을 들고 던졌는데 그만 한 단은 떨어지고 말았습니다.

"꽝수, 니도 고마 꽝이다. 히히히……. 내가 두 단 던지 보께. 으라차차차차!"

봉식이는 두 단 모두 꼭대기에 닿기도 전에 떨어지고 말았습니다. 짚단을 어지간히 쌓자 우리는 짚단을 서로 나르려고 히히덕거리며 다투기도 했습니다.

"으아! 내 폭탄 맞았다 폭탄. 아아!"

봉식이는 작은아버지가 뒤로 내던진 짚단에 얼굴을 맞아 벌겋게 되었습니다. 맞을 때 눈에 불이 번쩍 하더라고 했습니다.

그런데, 갑자기 탈곡기가 멈췄습니다. 탈곡기 통돌이 옆 톱니바퀴 있는 데 볏짚이 챙챙 감겼기 때문이지요. 작은아버지와 형이 감긴 볏짚을 낫으로 잘라 뜯어내었습니다. 작년에는 한창 타작하다 베어링이 부서져 고치느라 한 나절이나 늦어지기도 했습니다. 올해는 그래도 아버지가 미리 손봐 놓았기 때문에 고장도 안 나고 잘 돌아가고 있는 셈이지요. 감긴 짚을 다 풀어낸 뒤 베어링에 기름도 먹였습니다.

"자, 탈곡기 멈춘 짐에 고마 한 참 쉬 갖고 하자. 덕수, 이리 와 막걸리 한잔 하세. 어여 이리 오게."

아버지는 광수 아버지를 불렀습니다.

"야들아, 너거들도 이리 오니라. 배고플 낀데 고구마 무라."

어머니는 누나가 삶아 놓은 고구마 소쿠리를 들고 왔습니다. 우리는 고구마를 누가 빼앗아 먹을 것처럼 양 볼이 불룩하도록 입으로 우겨넣었습니다.

"이늠 자슥들 물 쫌 마시가미 무라, 목 맥힌다. 언능 물 마시라."

할머니가 허겁지겁 먹는 우리들을 보고는 두레박으로 시원한 샘물을 떠왔습니다.

풍구

타작은 밤까지 이어졌습니다. 이젠 모두 많이 지쳤습니다. 밤중이 되어서야 겨우 탈곡이 끝났습니다. 털어낸 벼 알갱이를 마당 가운데 산처럼 끌어 모았습니다.

이제는 풍구로 찌꺼기를 날려 보내야 하지요. 한 사람이 풍구에 달린 팔랑개비를 돌리고, 또 한 사람이 벼 알갱이를 퍼 갖다 주면 한 사람이 풍구 위로 벼 알갱이를 스르르 갖다 붓지요. 벼 알갱이가 내려오면서 찌꺼기는 풍구 앞쪽으로 후루루 날아갑니다. 노란 벼 알갱이는 풍구 옆으로 좌르르 나

풍구 곡물 선별기. 곡물에 섞인 쭉정이, 겨, 먼지 따위를 가려내는 농기구. 한쪽에 큰 바람구멍이 있고, 큰북 모양의 통 내부에 있는 여러 개의 넓은 깃이 달린 바퀴를 돌려서 낟알과 잡물을 가려낸다.

와 쌓이지요. 나머지 사람들은 벼를 뒤주에 갖다 붓기도 하고 다른 여러 가지 허드렛일을 했습니다. 벼를 퍼 담다 보니 뒤꼍 뒤주가 꽉 찼습니다. 그래서 할 수 없이 집 안마당 가운데 짚단과 가마니로 섬을 만들어 퍼 담았습니다.

새벽이 가까워서야 타작은 모두 끝이 났습니다.

"아이구, 모두 고생했네. 그래도 이래 타작을 다 해놓으니까네 맘이 푸근하구만. 이만해도 큰 부자 된 거 같네."

"안죽도 두 번은 더 해야 되는데 그때꺼정 날이나 괜찮으마 좋겠구만."

"인자 날은 좋겠십니더."

"모두 푹 쉬게."

다시 며칠 동안 남은 벼를 거두어들여 타작을 했습니다. 타작까지 마친 벼 논은 이제 그루터기만 남은 빈 논이 되었습니다.

이른 아침에 아버지가 들에 나가면서 또 나를 깨웠습니다.

"호철아, 인나라! 이느마가 안죽도 자나? 언능 저 아랫들 논에 나락 이삭 좀 주라. 다른 사람 줍기 전에 언능 주야 된데이."

안 일어나니까 다시 어머니가 나를 깨웠습니다.

"할매도 이삭 주로 가신단다. 언능 인나거라."

나는 눈을 비비며 나왔습니다.

"어어, 춥어라!"

이른 아침, 나는 몸을 웅크리며 대소쿠리를 들고 할머니와 벼 이삭 주우러 갔습니다. 학교에도 이삭 주은 것으로 벼 알갱이를 털어 한 되씩 가져가야 합니다. 학교에선 그걸 모아 팔아 책을 사기도 하지요.

그루터기에선 벌써 푸릇푸릇 새로 벼 싹이 올라오는 논도 있습니다. 빈 논 바닥 여기저기엔 구멍이 뽕뽕 뚫려 있는데, 그건 논 고둥이 파고 들어간 곳이지요. 우리는 그 논 고둥을 잡아 삶아 먹기도 합니다. 황새가 속을 파먹고 버린 고둥껍질이 논 여기저기 나뒹굴기도 하지요. 이른 아침에 하얀 무서리가 내려 입김을 호호 불어가며 벼 이삭 주울 때도 있답니다.

벼 그루터기만 남은 빈 논은 잠깐뿐, 다시 집 헛간이나 논 옆 가장자리에 썩혀 두었던 거름을 내어 보리갈이를 하지요. 무논은 그대로 내버려지듯 하지만 겨우내 얼음이 꽁꽁 얼면 우리들의 좋은 놀이터가 되어 줄 것입니다.

밭곡식인 콩, 팥, 녹두, 참깨, 들깨, 논두렁콩, 무, 배추까지 모두 거두어들이고 난 휑한 들판엔 서늘한 바람만 하릴없이 빈둥거리며 돌아다니지요. 보리 싹이 뾰족뾰족 올라오고 잎이 두어 장 더 나오면 눈발이 펄펄 날리고 서릿발이 서기 시작합니다. 겨울로 접어드는 것이지요.

겨울 · 고슬고슬하고 구수한 쌀밥 묵자

❖ 히히히, 나락 튀밥 튀기기 재미있다

❖ 북데기 속 나락 털고, 쌀밥 먹고

❖ 새 짚으로 초가지붕 갈아입히고

❖ 나락 매상 대어 빚도 갚고

❖ 겨우내, 짚으로 새끼 꼬고 가마니 짜고

밥을 퍼낸 솥 바닥에 눌어붙은 밥을 '누룽지'라고 하지요.
"철아, 아나. 인철이도 하나 주고."
어머니가 누룽지를 긁어 똘똘 뭉쳐서 내게 주었습니다.
나는 그걸 들고 밖에 나가 동무들과 놀면서 먹었습니다.

히히히, 나락 튀밥 튀기기 재미있다

찬바람에 가랑잎이 우르르 몰려다닙니다. 아침에 물 고이는 아랫들 보리논에 도랑을 손보고 돌아온 아버지는 살얼음 언 것을 봤다고 했습니다.

바깥마당 한쪽엔 타작할 때 나온 벼 찌꺼기가 아직도 그대로 수북하게 쌓여 있습니다. 학교 갔다 오니까 거기서 매캐한 냄새 실은 연기가 모락모락 올라오고 있었습니다.

"할매, 바깥마당에 나락 찌끄래기는 와 태우는데예?"

"태워야지 거름하제."

그대로 거름으로 내면 잘 썩지도 않을 뿐만 아니라 그 속에 숨어 있던 해충 알도 그대로 논으로 나갈 수 있으니까 이렇게 태우는 것이 좋답니다.

나는 책보를 마루에 던져 놓고 슬며시 나가보았습니다.

"틱!"

"으잉?"

찌끄래기 찌꺼기

"택!"

"어엉?"

가만히 보니까 벼 찌꺼기에 섞여 있던 벼 알갱이가 불에 부풀어져 탁탁 튕겨 나오는 게 아닙니까! 나는 그걸 주워 앞니로 자근자근 씹어 보았습니다.

'히야! 고거 고소하네?'

"택!"

"픽!"

"티딕!"

'이히히, 고거 참 재밌네.'

그런데 한 개씩 주워 먹으니까 막 감질이 나는 겁니다.

'무슨 좋은 방법 없나? 그래!'

나는 바깥마당 담 앞에 쌓아 놓은 북데기에서 벼이삭 하나를 가져와 낟알을 훑었습니다. 그리고 불을 헤집어 넣고는 꼬챙이로 살짝살짝 저어 보았습니다. 아! 벼 알갱이가 틱틱거리면서 더 많이 하얗게 부풀어 오르는 것입니다.

'히히히, 그래그래. 자꾸자꾸 튀라!'

한참을 그러고 있으니까 이웃집 광수가 어디에 갔다 오는지 터덜터덜 걸어오고 있었습니다.

"어이, 광수. 광수! 여 함 와 봐라, 히히히……."

나는 광수에게 튀밥 튀기는 모습을 보여 주었습니다. 광수도 신기했는지 눈이 동그래지더니 내 옆에 앉았습니다. 좀 있으니 복이하고 봉식이도 어디 갔다 오다 나와 광수의 모습을 보았습니다.

"어이. 너거들 거서 뭐하는데?"

"얌마야, 너거들은 몰라도 돼. 히히히……."

우리가 '너거들은 몰라도 돼.' 이렇게 말하는데 제깟 녀석들이 가만있겠어요? 그렇게 해서 복이와 봉식이도 우리 옆에 슬쩍 붙었지요. 네 녀석들이 쪼그리고 앉아 벼 알갱이로 튀밥을 튀기는 겁니다.

"앗, 따거라!"

탁 튄 튀밥에 광수의 얼굴이 맞았습니다.

"히히히, 광수 절마 얼굴에 총 맞았네, 히히히……. 엇 떠거라!"

히히덕거리며 광수를 놀리던 봉식이가 "엇 떠거라!" 하더니 왼쪽 눈을 싸잡아 쥐었습니다.

"뽕뽕이 니는 또 와카노?"

"아고, 내 눈깔! 내 눈깔 빠졌다. 아고, 아고야!"

"뭐라꼬? 눈깔 빠졌다꼬? 으하하하……."

"뽕뽕이 자슥 니 뭐라 캤노? 눈깔이 뭐 어쨌다꼬, 히히히……"

찌그러뜨린 봉식이의 왼쪽 눈에서는 눈물까지 찔찔 흘러내렸습니다.

"야, 뽕뽕이. 니 눈 함 떠 봐라. 진짜 눈깔 빠졌는지 함 보자."

"치아라, 자슥들아!"

봉식이는 겨우 반눈을 떴습니다. 보니 왼쪽 눈 아래쪽 눈썹 바로 아래 눈꺼풀 한 곳이 빨갛게 부푼 것 같습니다. 튀밥한테 오지게 맞았는가 봐요.

그러고 있는데 분옥이와 정순이가 손잡고 노래를 흥얼거리며 지나가다 우리를 보았습니다.

"야, 머시마 너거들 거서 뭐하는데?"

"보마 모리나."

"어머머! 튀밥 튀기네! 야, 우리도 좀 하자, 응?"

"야, 잘 몬 하다가 눈에 맞으마 우얄라꼬. 고마 너거들은 치아라."

"에이, 호철아. 좀 해 보자, 으응?"

그러더니 그만 옆에 털썩 앉아 우리처럼 튀밥을 튀기는 겁니다.

"택!"

"엄마야!"

정순이가 깜짝 놀라 뒤로 벌렁 나자빠졌습니다.

"티딕!"

이번에는 분옥이 튀밥이 탁 튀었습니다.

"엄마! 엄마야, 엄마야, 엄마야!"

이러며 팔짝팔짝 뛰며 호들갑을 떨었습니다. 깜짝 놀라 그러는지, 신기해서 그러는지, 좋아서 그러는지 도무지 모를 행동입니다.

"야, 너거들은 와카는데?"

"근데, 분옥아, 정순아. 너거들 눈깔은 고대로 있는지 함 봐라, 키키 키……."

"그래. 뽕뽕이는 눈깔 빠질 뻔했다 아이가."

"머시마들, 말을 해도 뭐 그런 흉측한 말을 하노."

분옥이와 정순이는 몇 번 놀라더니 그다음부터는 우리보다 더 잘 튀겼습니다. 그러니까 우리들은 샘이 나 티밥을 슬쩍슬쩍 빼앗아 먹었습니다.

"야아! 자꾸 빼앗아 갈래!"

정순이가 소리를 빽 질렀습니다.

한창 튀밥을 튀기고 있는데 할머니가 나왔습니다.

"이늠 자슥들, 거서 뭐하노? 그래 불장난하다가 불알 꿉어 묵을라꼬 카나, 으잉? 그라고 그래 불장난하마 자다가 오짐 싼데이."

"호철이 할매예. 분옥이하고 정순이하고는 불알 없는데예."

"히히히히……."

"이눔 자슥들이 뭐라 카노!"

"할매, 우리 불장난하는 기 아이다. 나락 갖꼬 튀밥 튀긴다."

"불낸다. 고마하고 어여 저녁 무로 가거라. 그 아까운 곡석을 그러마 벌받는데이. 고마하고 어여 집에 가거라."

북데기 속 나락 털고, 쌀밥 먹고

아침 햇살 퍼질 때쯤 아버지가 바깥마당 담 쪽에 타작할 때 쌓아 놓았던 벼 북데기를 마당에 헤쳤습니다. 북데기 타작을 하기 위해서지요. 북데기 속에 들어 있는 벼 이삭과 벼 이삭가지에 몇 개씩 붙어 있는 낟알을 떠는 겁니다. 쌓아 놓았던 북데기는 좀 눅눅해져 햇볕에 바싹 말려야 낟알이 쉽게 떨어지지요.

북데기를 마당에 이리저리 헤쳐 널어놓은 아버지는 도리깨를 손보았습니다. 여름에 보리타작 하고 제대로 손보지 않아 헤어진 곳도 있고 열이 한두 개 부러지기도 했기 때문이지요.

반나절쯤 지났을까? 아버지는 마당에 널어놓은 북데기를 도리깨로 두드리기 시작했습니다. 자질구레한 집안일을

도리깨

도리깨 곡식의 낟알을 떠는 데 쓰는 농기구. 긴 막대기 한끝에 가로로 구멍을 뚫어 나무로 된 비녀못을 끼우고, 비녀못 한끝에 도리깻열을 맨다. 도리깻열은 곧고 가느다란 나뭇가지 두세 개로 만들며, 이 부분으로 곡식을 두드려 낟알을 떤다.

어지간히 마친 어머니도 아버지와 함께 도리깨질을 했습니다. 아버지는 보리
타작할 때처럼 도리깨를 어깨 위로 휘둘러 위에서 내려치다 때때로 옆에서 비
스듬히 탁 내려치며 북데기를 헤집어 놓습니다. 그러면 어머니는 도리깨를 위
에서 내려쳐 두들깁니다. 그래야 속에 있는 낟알도 털 수 있지요.

한차례 흩어 놓았던 북데기 속의 벼 낟알을 떨고 난 뒤 거친 북데기는 낫으
로 대충 걷어내고 나머지 북데기는 갈퀴로 걷어내어 한곳에 쌓아 놓았습니다.
그건 소먹이로 쓸 겁니다. 짚보다 보드랍기 때문에 쫑쫑 썰어 쇠죽 끓여 주면
소가 더 맛나게 잘 먹지요.

마당 바닥에는 떨어진 벼 낟알이 쫙 깔려 있습니다. 그 위에 다시 북데기를
흩어 널어 한참 말린 뒤에 또 그렇게 타작을 하는 것이지요. 저녁 무렵에야 북
데기 타작을 마치고 떨어진 벼를 모두 쓸어 모아 풍구에 찌꺼기를 날려 버렸
습니다. 북데기 속의 벼 낟알은 좀 덜 충실한 것도 있고 아직 벼 낟알이 몇 개
씩 붙은 이삭 가지도 섞여 있어 질이 그렇게 좋지는 않습니다. 북데기가 많은
집에선 그것 타작하는 데 며칠이나 걸리기도 하지요.

학교 갔다 오니 아버지가 볏가마니를 지게에 지고 사립문 밖으로 나갔습니다.

"아부지요. 나락은 어데 지고 가는데예?"

"방앗간에 가지."

"찧을라꼬요?"

"그래. 나락을 찌야 밥을 묵지. 참, 호철아. 니도 방앗간에 와가 왕등겨 나오는 거 좀 끌어 담아라."

"아고오! 까끄럽어가 우예 하라꼬예."

"이느마야, 씻으마 되제. 가자."

도랑 건너편 아랫마을 방앗간에서 발동기 소리가 통통통 들려왔습니다. 발동기를 돌리면 벨트에 걸린 방아 기계가 돌아가는데, 그 방아 기계 속에 벼를 넣으면 껍질이 벗겨지고 깎인답니다. 겉껍질만 벗긴 쌀을 '현미'라고 하지요. 현미에는 영양가가 더 많이 들어있답니다. 이때 벗겨져 나온 벼 겉껍질을 '왕등겨'라고 해서 쇠죽 끓일 때 나무 대신에 손풍구로 바람 불어 넣으며 불을 때기도 하지요. 또 외양간에 짚 대신에 넣기도 하고, 온상에 열을 내기 위한 재료로도 쓰고, 썩혀 거름으로도 쓴답니다. 과수원에서 왕등겨 무더기에 똥물을 퍼부어 썩히는 모습도 볼 수 있지요.

현미가 다시 방아 기계 속에 두세 번 들어가 누런 겉 부분이 깎이면 하얀 '쌀'이 됩니다. 하얀 햅쌀을 보니 그냥 마구 만져 보고 싶습니다. 쌀을 한 움큼 집어 입에 털어 넣고 꼭꼭 씹어 먹으면 구수하지요. 내가 구수한 맛에 이끌려 생쌀을 자꾸 우걱우걱 씹어 먹으니까 할머니가

손풍구 손풀무. 둥근 통 속에 장치하여 손잡이를 돌려 바람을 일으키는 기구

"이눔 자슥, 생쌀 묵으마 너거 어마이 일찍 죽는데이."

이러며 뭐라 했습니다. 할머니의 그 말에 '설마 그럴라꼬……' 하다가도 '정말 그럴지도 몰라.' 하면서 생쌀 먹는 것을 줄였지요.

방아 찧을 때 나오는 보드라운 등겨를 '쌀등겨' 또는 '쌀겨'라고 해서 소나 돼지의 먹이로 쓴답니다. 껄쭉한 부엌 구정물에 쌀등겨를 한 바가지 넣어 주면 돼지는 꿀꿀대며 맛나게 먹지요. 방아 찧을 때 조각으로 부스러진 쌀알이 나오는데 이걸 '싸라기'라고 합니다. 싸라기를 물에 불리고 가루로 갈아 떡을 만들어 먹거나 그냥 쪄서 술을 빚기도 하지요.

저녁에 어머니가 하얀 쌀밥을 지었습니다. 무쇠 밥솥에 나무로 불 때어 지은 쌀밥이라 더욱 구수하지요. 참 오랜만에 먹어 보는 하얗고 고슬고슬한 쌀밥, 반찬 없이 쌀밥만 먹어도 자꾸자꾸 먹고 싶어집니다. 햅쌀 나오기 전까지는 늘 꽁당보리밥이었습니다. 보리쌀도 다 떨어져 달랑달랑하는 판인데 하얀 쌀밥에다 해콩 삶아 띄워 끓인 구수한 청국장을 퍼놓고 비벼 먹는 맛은 어떻겠습니까? 이걸 진짜 꿀맛이라 하지요.

"아!"

꽁당보리밥 꽁보리밥. 보리쌀로만 지은 밥

그런데 나는 밥 먹다 멈추고 입을 아 벌린 채 얼굴을 한껏 찡그렸습니다. 밥에 들어 있던 돌을 빠작 씹은 것이지요.

"고마 꿀떡 삼키라."

할머니는 돌을 씹어도 꿀꺽 삼키라고 했습니다.

"할매, 돌을 삼키라꼬예?"

"이늠 자슥, 저 우에 실경네는 양석이 없어갖꼬 굶을 때가 더 많다 안 카나. 오죽하마 이 쌀 흔한 가을에도 쌀밥 실컨 묵었으마 소원이 없겠다고 카겠노. 돌을 살살 가리내던지 그양 꿀떡 삼키던지 해라."

나는 그만 돌 씹은 밥을 꿀꺽 삼켜 버렸습니다.

밥 짓기 위해 쌀을 씻지요? 쌀 씻을 때 나오는 물을 '쌀뜨물'이라고 합니다. 처음 쌀 씻은 쌀뜨물은 소나 돼지에게 주고, 그다음에 나오는 쌀뜨물은 끓여서 사람이 물로 마시기도 하고, 시래깃국 같은 된장국을 끓일 때도 쓰곤 합니다.

밥을 퍼낸 솥 바닥에 눌어붙은 밥을 '누룽지'라고 하지요.

"철아, 아나. 인철이도 하나 주고."

어머니가 누룽지를 긁어 뚤뚤 뭉쳐서 내게 주었습니다. 나는 그걸 들고 밖에 나가 동무들과 놀면서 먹었습니다. 누룽지는 긁어 두었다 간식으로 먹기도 하지만, 솥에 그대로 두고 물을 부어 다시 끓여서 먹는 일이 더 많습니다. 이가 시원찮은 할머니와 아버지가 아주 좋아하니까요. 아버지는 언제나

"아따! 구수하이 좋네."

하면서 먹습니다. 누룽지로
끓인 물은 '숭늉'이라고 하지
요. 숭늉의 구수한 맛은 다른
어떤 물맛과 견줄 수가 없답
니다.

밥 말고도 쌀로 만드는 음
식이 얼마나 많은지 볼래요?
찹쌀에다 밤, 대추, 잣, 곶감 같

은 것을 넣어 만든 '약밥', 멥쌀가루를 쪄 만든 '백설기', 찹쌀가루를 쪄 만든
'찹쌀떡', 쌀가루를 쪄서 길게 빼낸 '가래떡', 쌀을 말려 튀긴 '뻥튀기', 찹쌀로
만든 '쌀강정'. 쌀강정은 이렇게 만든답니다. 무쇠 솥뚜껑을 뒤집어 모래를 얹
고 밑에서 불을 때면 모래가 달구어지지요. 달구어진 모래에 찹쌀 쪄 말린 것
을 넣어 저으면 부풀어져요. 부풀어진 튀밥을 엿에 버무려 납작하게 해서 자
르면 쌀강정이 된답니다. 쌀로 만든 음식은 또 있지요. 쌀을 찐 고두밥에 엿
기름물을 부어 삭혀 끓인 '단술', 단술 걸러 나온 단물을 고아 만든 '조청' 또는

고두밥 아주 되게 지어져 고들고들한 밥

'엿' 같은 것 말입니다. 고두밥에 누룩을 섞어 어른들이 마시는 술을 빚기도 하지요.

쌀은 '멥쌀'과 '찹쌀' 크게 두 종류가 있는데, 멥쌀은 우리가 때때로 밥해 먹는 보통 쌀입니다. 찹쌀은 밥해 놓으면 찰기가 아주 많지요. 그래서 '찰밥'이라고 한답니다.

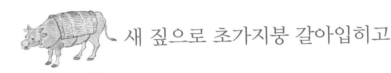

새 짚으로 초가지붕 갈아입히고

　아버지는 벌써 며칠째 뒷마당 양지쪽 담벼락에 기대앉아 이엉을 엮고 있습니다. 초가지붕에 새 옷을 갈아입히기 위해서지요. 처음 볏짚 5~6가닥씩 두 갈래로 나누어 밑동 꺾어 묶고, 앞쪽 두 갈래에 짚을 한 움큼씩 놓으면서 자꾸 엮어 나가는 것이지요. 아버지는 달빛 쏟아지는 밤에도 이엉을 엮었습니다. 집안일을 다 마친 어머니도 아버지 곁에서 이엉을 엮었고요. 날씨는 쌀쌀하지만 하얀 달빛이 자북하게 내려앉는 마을. 우리 집, 뒷마당 짚가리와 감나무, 장독대는 마치 꿈꾸는 것 같습니다. 그 속에서 두런두런 이야기 나누며 이엉 엮는 아버지 어머니의 모습은 마치 동화 속 멋진 왕자와 아리따운 공주 같습니다. 힘겨운 일이겠지만, 내게는 그렇게 아름답게 보일 수가 없었습니다.

　길게 엮은 이엉은 한 마름씩 말아서 쌓아 놓거나 거꾸로 세워 놓지요. 아버지는 이렇게 여러 날 이엉을 엮었습니다. 가끔 작은아버지와 광수 아버지도

이엉 초가집의 지붕이나 담을 이기 위하여 짚 따위로 엮은 물건

마름 이엉을 엮어서 말아 놓은 단을 세는 단위

몇 마름씩 엮어 주었지요.

나는 아직 일어나지도 않았는데 바깥이 시끌벅적했습니다. 나가 보니 우리
집 초가지붕의 이엉이 홀랑 벗겨져 마당에 쌓이기 시작했습니다. 벌써 온 집
안에는 썩은새 먼지가 자욱합니다. 마루와 장독도 썩은새 부스러기와 먼지를
홀딱 뒤집어썼고요. 작은아버지의 콧구멍은 시커먼 굴뚝 같습니다.

초가지붕은 이엉으로 여러 겹 덮여 있지요. 그래서 비가 와도 빗물이 깊이 스

썩은새 오래되어 썩은 이엉

며들지 않는답니다. 한 해 동안 눈비 맞은 겉 부분은 잿빛으로 썩어 있지만 속은 거의 썩지 않고 있지요. 그래서 지붕을 새로 갈아입힐 때는 썩은 겉 이엉만 벗겨 내고 새 이엉으로 덮는답니다.

  겉 이엉 벗겨낸 지붕 군데군데에는 빗물이 스며들어 깊이 썩어 내려앉은 곳도 있습니다. 아버지와 이웃집 광수 아버지는 그곳을 파내고는 새 짚단을 풀어 꾹꾹 박아 넣었습니다. 마당에 던져 놓은 축축한 썩은새에서 손가락만한 굼벵이가 꿈틀거렸습니다. 우리 수탉이 좋다고 쪼르르 달려와 콕콕 쪼아 먹었습니다. 닭들이 살판났지요. 그 굼벵이는 허리 아픈데 약으로 쓰기도 한다네요. 쥐가 구멍을 내거나 해서 빗물이 아주 깊이 스며들어 알매흙이 많이 패인 곳에는 진흙으로 꼭꼭 메우기도 합니다. 물매를 잘 다독거린 뒤에 새 이엉을 이어야 빗물이 잘 새지 않는답니다. 이렇게 속을 잘 정리한 다음 긴 마당비로 속 지붕의 찌꺼기를 쓱쓱 쓸어내렸습니다. 그래야 찌꺼기를 타고 빗물이 스며들지 않지요. 그리고 굵은 새끼줄 여러 가닥을 사방으로 속 지붕에 걸쳐 내렸습니다. 이엉을 두를 때 미끄러져 내리지 않게 맬 수 있도록 하기 위해서지요.

  막내 작은아버지가 둘둘 만 이엉 마름을 달팽이집처럼 등에 짊어지고 한쪽 손으로 사다리를 잡으며 타고 올랐습니다. 뒷집 정수 아버지도 한 마름 짊어

알매흙 지붕 서까래나 고미에 가는 나무로 엮어 놓은 산자 위에 이겨서 까는 흙

지고 끙끙거리며 지붕에 올랐습니다. 한 발 한 발, 아슬아슬, 곧 떨어질 것 같은 데도 높은 지붕까지 올라가 빙 돌아가며 이엉 마름을 얹어 놓았습니다.

"어어어! 어이쿠!"

아! 그런데 막내 작은아버지가 사다리에 올라가다 지붕 끝쯤에서 짊어진 이엉과 함께 그대로 떨어지고 만 것입니다.

"재용이, 이 사람아! 괜찮은가? 어이?"

"야 이 사람아! 안 다쳤는가?"

막내 작은아버지는 마당에 쌓여 있는 썩은 이엉 무더기 위에 꼼짝 않고 엎드려 있었습니다. 얼굴을 잔뜩 일그러뜨리고 끙끙 앓으면서요. 지붕 위에 있던 아버지와 광수 아버지가 부리나케 내려왔습니다.

"재용이 이 사람아, 허리 괜찮은가?"

"예에……."

막내 작은아버지는 겨우 대답만 하고는 또 끙끙 앓았습니다. 어머니와 할머니가 달려와 막내 작은아버지의 허리를 꼭꼭 주물렀습니다.

"아이고 야야, 조심하잖코. 마이 안 다쳤나? 쯧쯧쯧쯧……."

할머니가 크게 걱정했습니다.

막내 작은아버지는 무릎을 짚고 겨우 일어나 몇 걸음 가다 다시 마루에 엎드렸습니다. 한참 있다 일어난 막내 작은아버지는 허리를 이리저리 틀며 몸을

풀었습니다.

"작은아부지요, 인자 괜찮십니꺼?"

나는 걱정스런 표정으로 물었습니다.

"으응? 으응. 아까는 엄치미 아푸디 인자는 좀 개안네."

그제야 나는 '후유!' 숨을 내쉬었습니다. 정말 큰일 날 뻔했습니다.

아버지와 셋째 작은아버지, 광수 아버지가 지붕 끝 부분부터 이엉을 빙 두르기 시작했습니다. 둘러놓은 앞 이엉에 반쯤 겹치면서요. 셋째 작은아버지가 이엉 마름을 잡고 조심조심 펴나가면 광수 아버지는 펼쳐진 이엉을 바로잡아 놓고, 아버지는 마지막으로 다독거렸습니다. 이엉이 미끄러져 내려가지 않도록 걸쳐놓은 새끼줄에 묶기도 하면서요. 이렇게 지붕 꼭대기까지 이엉을 이어 갑니다.

막내 작은아버지와 어머니, 할머니 그리고 나까지 마당에 쌓인 썩은새를 한 아름씩 안고 바깥 도랑가 공터에 쌓아 놓았습니다. 쇠죽 끓일 때나 밥할 때 불을 때거나 썩혀 거름을 하기 위해서지요.

이엉을 다 두른 다음 굵은 새끼줄을 지붕에 사방으로 걸쳐 처마 끝 서까래에 단단히 매었습니다. 바람에 이엉이 날려 벗겨지지 않도록 하기 위해서지요. 저녁 무렵에야 안채와 사랑채, 그리고 헛간채, 뒷간채까지 모두 다 이고 정리도 깨끗이 했습니다. 노란 새 옷으로 갈아입은 우리 초가집은 인물 훤한

새집이 되었습니다.

　이튿날 아침에 일어나 보니 추운데도 아버지는 벌써 용마루를 틀고 있었습니다. 지붕 꼭대기 가운데에 마지막으로 덮는 것이 '용마루'지요. 아버지는 두 발로 용마루 양쪽을 밀며 볏짚을 야무지게 틀어 꽁꽁 엮어 나갔습니다. 학교에 갔다 오니 벌써 용마루를 다 엮어 지붕에 덜렁 올려 놓았습니다.

　"호철아, 지붕에 좀 올라오니라."

　"예에? 올라오라꼬예? 내가 거를 우예 올라갑니꺼."

　"이느마야, 사나가 여도 몬 올라오나. 지붕에 곶감 말리는 거는 가마이 잘 니라 묵으민서……."

　아버지가 '사나가 여도 몬 올라오나.' 하는 말에 오기가 생기기도 했지만 지붕의 곶감을 몰래 내려 먹은 일을 말하니까 그만 양심도 찔렸습니다. 조심조심 사다리를 타고 처마까지 올라가니 똥구멍이 조이고 간이 콩알만 해졌습니다. 그래서 바짝 엎드려 기듯이 지붕에 살금살금 올랐지요. 아버지는 나보고 용마루 한쪽 끝을 꼭 잡고 있으라 하고는 둘둘 말린 용마루를 펴 지붕 꼭대기를 덮으며 다른 쪽 끝으로 갔습니다.

　"자, 꽉 잡아래이! 내가 잡아땡길 테니께."

　아버지는 길게 편 용마루를 들었다 놓았다 하며 가운데로 바로 놓이게 했습니다. 그리고는 용마루 양쪽 끝과 그 사이 군데군데를 지붕 엮어맨 새끼줄에 매었습니다.

용마루를 다 인 아버지는 지붕 겉에 붙어 있는 찌꺼기 지푸라기를 긴 대나무 비로 쓱쓱 쓸어내렸습니다. 겉에 찌꺼기가 붙어 있으면 빗물이 이엉 속으로 타고 들어가기가 쉽기 때문이지요. 마지막으로 처마 끝에 들쭉날쭉 나온 이엉 끝을 낫으로 가지런하게 잘라내었습니다.

그 뒤, 아버지는 용마름을 더 엮어 흙담을 덮기도 했습니다. 새 옷으로 갈아입은 노란 초가지붕 뒤 우뚝 솟은 굴뚝에서 저녁연기 모락모락 올라오는 모습을 보니 마음이 참 포근해집니다. 날 좋은 날 어머니가 김장까지 다 해 놓아서 더 부러울 게 없지요.

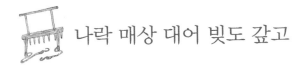

나락 매상 대어 빚도 갚고

"하이고오, 나락이 폭폭 쭐어드네!"

방앗간에 가져가 찧기 위해 가마니에 벼를 퍼 담던 어머니가 한 말입니다. 이렇게 벼를 많이 찧어도 이집 저집에서 빌린 장리쌀 갚고 나면 또 찧어야 할 판이니 한숨이 안 나올 수가 없지요. '장리쌀'이란 양식이 떨어져 남의 집에서 빌려와 가을에 추수해서 갚아야 하는 쌀을 말합니다. 갚을 때는 거의 두 배로 갚아야 하니 여간 비싼 이자가 아니지요. 그래도 굶지 않으려면 이렇게라도 하지 않을 수 없답니다. 벼 거두어들이고, 무 배추 다 거두어들여 김장하고, 지붕까지 이고 나면 걱정이 없을 것 같았는데 그게 아닌가 봅니다.

날씨는 춥지만 구름 한 점 없이 맑습니다. 어머니와 아버지는 안마당과 바깥마당에 멍석을 펼쳤습니다. 앞집 멍석까지 빌려와서요. 그리고는 마당에 있는 볏섬까지 헐어 벼를 퍼다 널었습니다.

"엄마, 나락은 와 이렇게나 마이 말루는데?"

"매상 댈라꼬. 매상을 대야지 빚도 갚고 너거 히야 등록금도 내제."

"근데, 매상 대는데 와 이래 더 말루노 카이?"

"잘 말루고 깨끗하이 해야 1등급 맞제."

"으응."

"철아, 나락 널어놓거덩 달구새끼 못 달라들구로 잘 지키래이?"

"그러마 내 어데 나가지도 못 하는데."

"한나절만 지키마 된다. 그라고 나락 한 번씩 저라."

"아고오, 참!"

나는 "아고오, 참!" 하고 투덜거리긴 했지만 추수한 지 얼마 되지도 않아 바깥 뒤주 하나가 텅 비었는데, 또 이렇게 볏섬을 헐어야 하는 어머니 아버지 마음을 생각하면 더 투덜거릴 수가 없습니다.

널어놓은 벼에 우리 닭과 이웃집 닭이 자꾸 달려들었습니다. 멍석에 들어와서 고이 벼를 좀 쪼아 먹으면 어때요. 발로 막 휘젓기는 왜 휘젓느냔 말입니다.

"이느무 달구새끼 마 저리 안 가나!"

나는 몽당 빗자루를 냅다 집어던졌습니다. 으아! 그런데 닭이 그냥 달아나는 게 아니라 널어놓은 벼를 멍석 밖으로 다 흩트리고 달아나는 게 아닙니까.

내가 우리 닭과 앞집 닭, 옆집 돼지새끼와 실랑이를 벌이다 보니 한나절이 훌쩍 지났습니다. 어머니 아버지는 오후 늦게야 말린 벼를 모아 풍구로 부쳤습니

매상 정부나 관공서 따위에서 민간으로부터 물건을 사들임

다. 찌꺼기를 날려 보내는 것이지요. 그리고 깨끗하게 한 벼를 가마니에 퍼 담고 일정한 무게가 되도록 앉은뱅이저울에 달아 새끼로 단단히 묶었습니다.

이튿날, 눈발이 날리면서 날씨가 더욱 추워졌습니다. 콧물이 찌르르 나올 정도로요. 아버지는 건너뜸 종갑이 형네 소달구지를 빌려 와 우리 소 늙다리에게 메웠습니다. 우리 벼 열다섯 가마니와 옆집 광수네 벼 다섯 가마니를 싣고 읍내로 갔습니다.

저녁 늦게야 술이 거나하게 취해 돌아온 아버지는 어린아이처럼 할머니 앞에 앉아 온갖 이야기를 털어내었습니다.

"어무이요, 오늘 두 번째 나락 매상 안 댔습니꺼. 빚도 갚아야 되고 큰 아 등록금도 주야 안 되겠습니꺼. 아들 옷도 다 떨어졌고, 돈 쓸 일이 많네요. 그래도 우리 나락이 젤로 좋습디더. 그래 1등급 안 받았습니꺼."

아버지의 이 말은 우리 벼가 1등급 받아 기분 좋다는 말이기보다는 고생고생 농사지은 벼를 한꺼번에 누구에게 빼앗긴 것 같아 하는 넋두리입니다.

매상 이야기를 하니까 또 부끄러운 작년 일이 하나 떠오르네요.

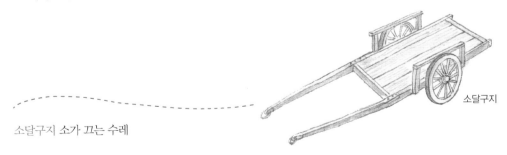

소달구지

소달구지 소가 끄는 수레

딱지 만들 종이 찾느라 사랑방 벽장을 뒤적이다 보자기에 싸둔 돈뭉치를 발견했습니다. 나는 눈이 둥그레졌습니다.

'웬 돈이고?'

나는 '웬 돈이고?' 했지만, 단번에 어제 벼 매상 댄 돈이란 걸 알아차렸습니다. 얼른 그 자리에 넣어놓고는 벽장문을 닫았습니다. 그렇지만 자꾸 그 돈에 마음이 끌려 견딜 수가 없었습니다. 거기다 얼마 전에 우리 마을에 새로 이사 온 길성이 녀석이 우리들 보는 앞에서 캐러멜을 질경질경 씹어 먹으며 거드름 피우던 모습이 떠오르는 게 아닙니까. 입속에 침이 사르르 돌면서요.

'그래! 돈뭉치 속에서 한 장 빼낸다꼬 누가 알겠나 뭐. 돈 받을 때 잘못 받은 걸로 생각하지 나보고 의심하겠나?'

이런 생각이 번쩍 떠올랐습니다. 가슴은 끊임없이 콩닥거렸지만 나는 그만 돈뭉치에서 100환을 빼내고 말았습니다.

학교에서 돌아올 때는 동무들과 함께 오지 않고 나 혼자 슬쩍 빠져나와 캐러멜 한 통을 샀습니다. 아무도 없는 논길에서도 누가 내 모습을 보지나 않나 살피며 캐러멜을 한 개씩 입에 넣곤 했지요. 달콤했습니다. 하지만 달콤한 맛

환 우리나라의 옛 화폐 단위

사이를 비집고 들어오는 불안감이 내 마음을 콕콕 찔렀습니다.

그날 저녁이었습니다. 빚 갚기 위해 돈을 헤아려 보던 아버지가 고개를 갸웃거리며 어머니보고 중얼거리듯 말했습니다.

"그거 이상타. 분명히 돈을 딱 맞게 세아리 났는데, 거참 이상네?"

그리고 한 번 더 찬찬히 돈을 세었습니다.

"와 그랍니까?"

어머니가 물었습니다. 아버지는

"아니, 내가 돈을 분명히 딱 맞게 세아리 났는데 하나가 비네."

이러며 앉은 자리 둘레를 살펴보았습니다. 혹시나 돈이 떨어졌는지 살펴보는 것이지요. 그리고는 손가락에 침까지 발라가며 또 돈을 세는 겁니다.

"암만 세아리 봐도 한 장이 비네. 호철아, 니 혹시 돈 못 봤나?"

나는 가슴이 철렁 내려앉았지만 또렷이 대답했습니다.

"아, 아니예."

아버지는 더 이상 의심하는 눈치는 아니었습니다.

"당신이 돈 잘못 받아왔는 갑네. 돈을 받으마 그 자리서 똑똑히 세아리 보잖코 그냥 받아오는 양반이 어데 있어요."

"세아리 봤지. 그때는 분명히 맞았는데 거참 이상타?"

"당신이 잘못해 놓고 고마 애민한 사람 잡지 마소."

"헛, 거참!"

나는 걱정이 되어 잠이 오지 않았습니다. 이튿날에도 아버지는 말할 것 없고 식구들 얼굴조차 바로 볼 수가 없었습니다. 학교 갔다 돌아오면서 어제 캐러멜 샀던 그 가게 앞을 지나는 것도 왠지 두려웠고요. 집에 와서도 자꾸 식구들을 피했습니다. 여윳돈도 아니고 빚 갚기 위해 애써 지은 곡식 판 돈을 내가 썼구나, 생각하니 더 견딜 수가 없었습니다.

그날 저녁, 나는 아버지 앞에 고개를 푹 숙이고 꿇어앉았습니다.

"아부지예. 돈 그거 안 있습니꺼……."

그 말을 꺼내자마자 아버지는 내 말을 끊고 말했습니다.

"그래. 니 행동이 아무래도 이상타, 했다. 그라마 니 그 돈 다 사 묵었나?"

아버지는 버럭 화를 내기는커녕 오히려 차분했습니다. 이미 알고 있었다는 것이지요. 그러니까 더욱 죄책감이 들었습니다. 나는 그만 닭똥 같은 눈물을 뚝뚝 떨어뜨리며 남은 돈을 방바닥에 놓고 아버지 앞으로 슬며시 밀었습니다.

"됐다. 그러니께 사람이 죄짓고는 몬 사는 기라. 다시는 그런 짓 하지 말거라. 니가 바른 말 했으니께 아부지 맴이 좋다. 그 돈 갖꼬 니 묵고 싶은 거 사

- -

애민한 엉뚱한

묵고 다시는 그런 짓 하지 말거라."

내 눈에는 눈물이 더욱 솟구쳤습니다.

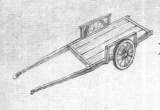

겨우내, 짚으로 새끼 꼬고 가마니 짜고

이제 겨울도 깊어졌습니다. 무논에 얼음이 꽁꽁 얼어붙어 우리들은 썰매 타기에 바쁘지요.

밤새 함박눈이 내려 초가지붕 위에도 장독 위에도 감나무 가지에도 소복이 쌓였습니다. 눈이 오면 온 마을이 고요하지요. 이따금 개 짖는 소리가 나고, '꼬끼오오!' 낮닭 우는 소리가 날 뿐. 이런 날은 나무도 못 하고 다른 일도 마땅히 할 것이 없지요.

아버지는 짚가리에서 짚을 두어 아름 안고 와 소 여물간에 놓고는 아침 설거지를 마친 어머니를 불렀습니다. 어머니는 짚단을 작두날에 갖다 대고 아버지는 작두를 밟아 짚을 쫑쫑 썰어 소 먹일 여물을 넉넉하게 만들어 두었습니다.

여물을 썰어 놓은 아버지는 다시 짚단을 두어 아름 안고 와 외양간 앞에 털썩 놓고는 짚단 한 단씩 풀어 깨끗하게 추렸습니다. 그리고 물 한 바가지를 떠와 입에 머금고는 푸우 품었습니다. 그걸 다시 묶어 떡메로 두들겨 부드럽게 만들었고요. 그 짚으로 가마니 짤 새끼도 꼬고 가마니도 짜기 위해서지요. 가마니를 짜려면 가느다란 새끼를 아주 많이 꼬아야 한답니다.

"호철아, 니는 놀기만 하지 말고 새끼나 좀 꽈라, 으잉."

"또 새끼 꽈라꼬예?"

"그래. 놀기 삼아 좀 꽈라. 그래야 가마이를 짜제."

"가마이를 글키 마이 짜가 뭐하는데예?"

"팔지. 팔아야 니 공책도 사고 연필도 사고 집에도 쓰지. 가마이라도 안 짜마 이 겨울에 땡전 한 푼이라도 생길 데가 어데 있노."

나는 사랑방에서 사락사락 소리 내며 가마니 새끼를 꽜습니다. 새끼 꼰 쪽을 발로 밟고 앉아 두 손으로 짚을 갈라 쥐고 비비며 꼬는 겁니다. 엉덩이 쪽으로는 꼰 새끼줄을 빼내면서요. 할머니도 날마다 가마니새끼를 꼬았습니다.

"아따, 인자 우리 철이도 새끼 잘 꼬네. 첨에는 굵었다 가늘었다 하디 인자 고르게 쫙 빠지네."

꼰 새끼는 가마니틀에 42가닥으로 걸어서 가마니를 짭니다. 가마니틀에 걸어 놓은 새끼줄은 가마니의 날줄이 되는 것이지요. 어머니는 대바늘로 짚 두세 개를 걸어 새끼줄 사이로 질러 넣고 아버지는 바디를 내려쳤다 올렸다 합니다. 어떨 때는 희미한 호롱불 아래 밤늦게까지 가마니를 짜기도 합니다. 짠 가마니는 반으로 접어 가는 새끼를 꿴 돗바늘로 양쪽을 꿰맵니다. 그래야 곡식을 담을 수 있지요. 눈 오는 날 뿐만 아니라 아버지가 나무하러 안 가는 날은 겨우내 끊임없이 가마니를 짰습니다.

아버지는 가느다란 새끼로 멍석이나 멧방석(짚방석)을 짜기도 하고, 곡식 담는 봉태기(둥구미)나 종다래끼를 짜기도 했습니다. 짚 소쿠리(삼태기)도 짜고 망태기도 짰습니다. 그리고 따리, 소 머거리, 빗자루 같은 자질구레한 것들을 만들기도 했고요.

바디 가마니 짤 때 가는 새끼줄 사이로 짚을 걸어 넣으면 바디로 내리쳐서 걸어 넣은 지푸라기를 다지는 구실을 한다. 또 바디에는 새끼줄이 꿰어져 있어 약간 기울이면 새끼줄 사이가 벌어져 짚을 걸어 넣기가 좋다.

호롱불 사기나 유리 또는 양철 따위로 만든 작은 항아리 모양의 뚜껑이 있는 그릇을 호롱이라 한다. 아래에는 석유를 담고 위 뚜껑에 심지를 꽂아 늘여서 기름에 담가 작은 구멍으로 심지를 돋우어 불을 밝힌다. 전깃불이 없던 시절에 썼던 조명 기구 가운데 하나이다.

머거리 부리망. 머거리 또는 머구리는 경상도 방언. 소를 부릴 때에 소가 곡식이나 풀을 뜯어먹지 못하게 하려고 소의 주둥이에 씌우는 물건. 가는 새끼로 그물같이 엮어서 만든다.

"아부지예, 지끔 짜는 기 뭡니꺼?"

"이거? 니가 알아 맞추 봐라."

"잘 모리겠는데예."

"하하하하하, 쪼매 있어 봐라."

아버지는 소삼정을 짠 것입니다.

"굵은 새끼도 좀 꽈나야겠네."

"머할라꼬예?"

"꽈나야 나뭇동도 묶고, 나락 매상 가마니도 묶고 하제. 도롱이도 새로 만들어야 되겠고 지게 미끈도 떨어져가 새로 만들어야 되겠네. 걸채하고 옹구도 손봐 놔야제. 전에는 짚으로 짚신도 안 삼아 신었나, 인자 그런 거는 안 신지만서도."

이렇게 해서 올 한해의 벼농사는 모두 끝이 났습니다. 이제 곧 봄이 올 테고, 봄이 오면 다시 논 갈고 볍씨 뿌리면서 벼농사를 시작해야겠지요.

소심정

소삼정 소 덕석. 추울 때에 소의 등을 덮어 주는 멍석

미끈 지게에 매여 있는, 지게를 지는 끈을 '밀삐'라고 하는데 밀빵, 미끈, 띠빵, 메삐 등 지역마다 다르게 부른다. 미끈은 밀삐의 경상도 방언이다.